카사, 그리고 나

박
도

카사, 그리고 나

발행일 2011년 7월 10일 초판 1쇄 인쇄
         2011년 7월 15일 초판 1쇄 발행

저자 박도
발행인 황인욱
발행인 圖書出版 오래

주소 서울특별시 용산구 한강로 2가 156-13
전화 02) 797-8786, 070-4109-9966 (대표)
팩스 02) 797-9911
메일 orebook@naver.com
홈페이지 www.orebook.com
출판신고번호 제 302-2010-000029호. (2010.3.17)

ISBN 978-89-94707-33-4   [정가 13,500원]

인연 따라 살다

– 아름다움과 행복은짧다

　나는 1945년 해방이 되던 해 경북 구미에서 태어났다. 그 무렵 아버지는 구미초등학교 교사로 별명이 황새 선생이었다. 나는 고향에서 중학교까지 다녔는데 '황새 아들'이라는 애칭으로 다른 아이들의 부러움 속에 자랐다. 그래서 나도 아버지처럼 초등학교 교사가 되는 게 꿈이었다.

　고교부터 서울로 진학한 뒤 어릴 때 내 꿈은 바래지기 시작하여 초등학교보다는 중학교 교사가 되고자 했고, 대학을 졸업하고 군 복무를 마친 뒤 경기도 한 시골 중학교의 교사가 되었다. 나는 세상 사람들의 이야기에 귀가 엷었던지라 곧 시골 중학교에서 서울의 한 중학교로 옮겼고, 서울에서도 다시 도심 한복판 고등학교 교사가 되었다. 30년 남짓 훈장생활을 하던 가운데, 어느 날 갑자기 2003년 봄 아내가 강원 두메산골에다 낡은 집 한 채를 구해 놓고는 남편의 퇴직을 종용했다.

내 진작 바라던 시골생활이었지만 그때는 아이들이 재학 중이었고, 정년도 많이 남긴 때라 무척 망설였다. 나무도 어릴 때 옮겨 심어야 뿌리를 잘 내린다. 그런데 사람이 그것도 늘그막에 아무 연고도 없는 낯선 강원 산골로 들어가는 데는 자신이 없었다. 언저리 사람들이 이 불황에 정년이 보장된 교단을 스스로 박차고 두메산골로 가는 게 바보짓이라고 극구 말렸다. 하지만 나는 2004년 2월 마침내 정년을 5년 남긴 채 32년 8개월의 교단생활을 마무리 짓고, 강원도 안흥 산골로 내려왔다.

강원 두메산골로 내려온 뒤, 뒤뜰에 딸린 텃밭을 가꾸면서 뒷산에서 삭정이를 주어다가 군불을 때고는 흙집 글방으로 돌아와 그리운 얼굴을 그리거나, 지난 삶을 되새김질하며 자판을 두들겼다. 때로는 가방 하나를 달랑 끌고서 국내는 물론 미국, 중국, 러시아를 누볐고, 가까운

카사는 밥을 먹은 뒤면 운동 겸 밥값으로
기둥을 타고 오르는 재주를 부렸다.

일본도 여러 차례 다녀왔다. 그리고는 그곳에서 보고들은 것들을 글로 다듬었다. 이곳에 내려와 펴낸 책만 그새 열대여섯 권으로 그동안 꽤 열심히 산 셈이다. "버려야 새 것을 얻는다"는 어느 스님의 말씀처럼, 나는 지난 삶을 버렸기에 산골에서 많은 작품을 얻을 수 있었다. 아마 안흥 산골에서 보낸 6년간이 내 삶 가운데 가장 보람되고 행복했던 시절로 두고두고 기억될 것이다.

이 책 제1장 '나도 고양이랍니다' 편은 두메산골에서 어쩔 수 없이 찾아오는 외로움을 아들이 떨어뜨리고 간 고양이 '카사'와 티격태격, 때로는 오순도순 지낸 이런저런 이야기들을 늘어놓았다. 제2장 '흙집 글방을 꾸미다' 편은 반거충이 농사꾼으로 산 이야기와 이웃 농사꾼들 이야기로 꾸몄다. 제3장 '기다리는 기쁨' 편은 두메산골에서 한 작가로서 보고들은 세상이야기들을 담았다.

이 책에 담은 한 편의 작은 글에도 나는 혼신을 다해 썼다. 여기 담긴 마흔다섯 편 글들은 모두 내 영혼의 나래들이다. 글 사이 사진들도 대부분 내 작품들이다. 나는 사진을 정통으로 배운 바가 없기에 셔터를 누를 때마다 '기氣'를 불어넣었다. 글도, 사진도 모두 투박하다. 두메산골 제품은 오히려 그게 미덕이 아닐까 하는 억지로 부끄러움을 무릅쓰고 세상에 내보낸다.

"아름다움과 행복은 짧다"고 하였던가. 애초에는 안흥 산골 마을에 한 십년 살다가 떠나려고 했는데 예정보다 서너 해 일찍 떠났다. 내 뜻대로만 되지 않는 게 세상사다. 사실 그저 보통으로 살기도 힘든 게 인생이다.

그래서 한 시인은 "산다는 것은 속으로 이렇게 조용히 울고 있는 것"

이라고 노래했나 보다.

"오다가다 옷깃만 스쳐도 전세의 인연이다"라는 말이 있다. 나의 지난 삶을 되새겨보니까 그동안 인연에 따라 살아왔음을 절실히 깨달았다. 고향 구미를 떠나 서울로, 다시 강원도 안흥 산골로, 이제 다시 원주로 옮겨 산 것이 모두가 인연에 따른 것이다.

그리고 이생에서 부모를 만나고 아내와 자식, 그리고 제자들을 비롯한 숱한 사람들을 만난 것도 다 전세에 인연이 있었기 때문이었다. 사람뿐 아니라 동식물도, 언저리 산수도 마찬가지다.

어느 날 아들이 데리고 온 고양이 카사가 내 식구가 된 것, 그리고 그 녀석과 6년을 새콤달콤하게 함께 살다가 끝내 헤어지게 된 것도 곰곰 생각하니 인연이 있었기에 만났고, 그 인연의 끈이 떨어지니까 헤어질 수밖에 없었다.

"있을 때 잘 하라"는 말은 만고불변의 진리다. 서로 간 맺은 인연의 끈은 언젠가 끊어지게 마련이다. 그런데 인연의 끈이 이어져 있을 때 서로 최선을 다하면 그 끈이 오랫동안 이어지기도, 설사 끊어졌더라도 다시 이어질 수 있다. 서로 간 인연의 끈이 떨어지는 것은 내 잘못일 수도, 상대의 잘못일 수도, 서로의 잘못일 수도 있다. 아니 나도, 상대의 잘못도 아닌 서로 어찌할 수 없는 불가항력일 수도, 더 나은 인연을 만나기 위한 단절일 수도 있다. 그 인연의 끈이 떨어졌다고 상대를 원망하거나 스스로 자학 행위를 하는 것은 현명치 못하다. 인연에 따라 살면서 '그때그때 최선을 다하며 사는 게 가장 아름다운 삶'이라는 사실을, 예순을 넘긴 나이에 고양이 카사와 함께 지내다가 헤어진 뒤에야 터득했다. 그래서 이 책의 제목을 평소 내가 즐겨듣는 소리새의 '그대 그리고 나'라는 노래에 착안하여 『카사, 그리고 나』로 붙였다.

삶에 지친 사람들이, 외로움에 몸부림치는 사람들이, 내 글을 읽고 한 가닥 위안을 얻기를 바란다. 독자의 성원이 있는 한 나는 그들을 위한 이야기꾼으로, 곧 또 다른 이야기를 준비할 것이다.

2011. 여름
원주 치악산 기슭 '박도글방'에서

박도

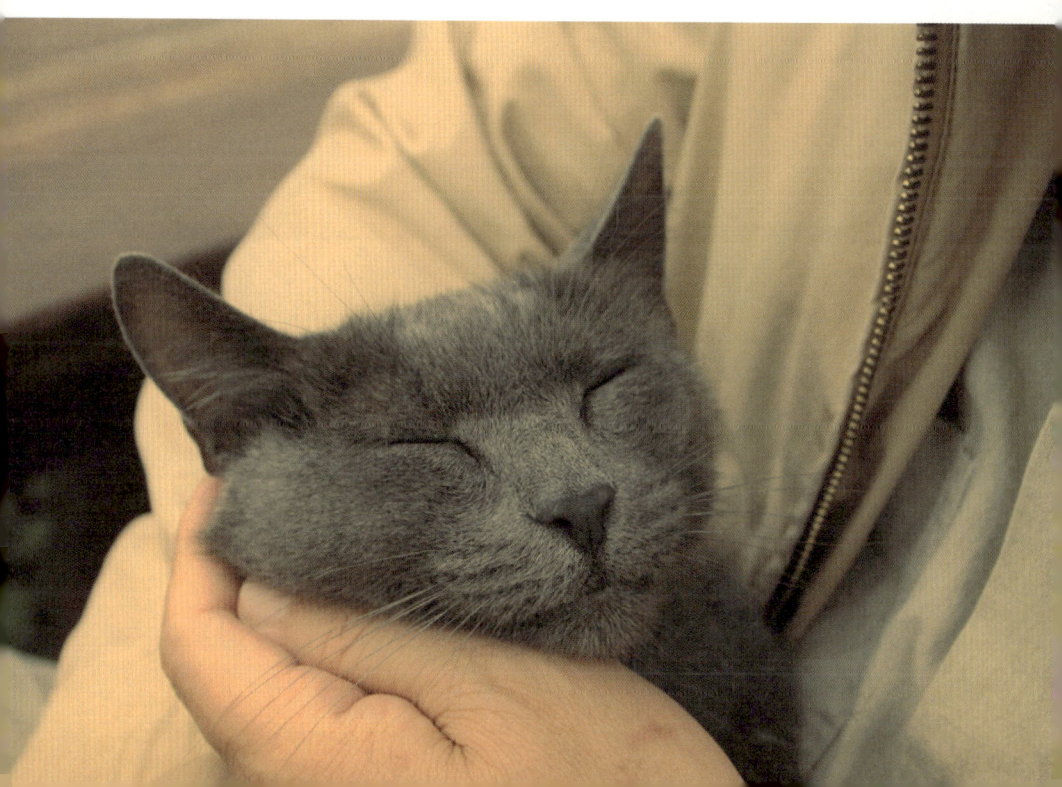

안흥에 내려온 초기의 카사

첫 번째 마당,

나도 고양이랍니다

우리 집 새 식구 카사

자식 이기는 부모 없다   우리 집에 식구가 늘었다. 아들이 설을 쇠러 안흥에 내려오면서 그동안 자기가 기르던 카사_{고양이}를 데리고 와 슬그머니 떨어뜨리고 갔다. 지난해 봄, 우리 내외가 서울을 훌쩍 떠나 강원도 횡성 안흥산골로 내려오자 그 녀석이 부모를 떠나보낸 외로움 때문인지 서울 집에다 카사를 분양받아 길렀다. 아내는 집안에 동물 기르는 것을 몹시 꺼렸다. 그런 아내가 서울 집에 사는 카사를 보고는 아들에게 여러 차례 이전 보호자에게 돌려주라고 일렀다. 하지만 아들은 그때마다 그러겠다고 건성으로 대답만 할 뿐이었다.

"자식 이기는 부모 없다"고 하더니, 아내는 아들 고집에 지고는 하는 수 없이 카사를 우리 집 새 식구로 맞아들였다. 아내가 동물 기르는 것을 꺼리는 것은 그들의 털과 배설물 처리 때문이요, 개나 고양이는 유정물이라 그 인연이 다하면 애틋한 정을 남기기 때문이었다.

그동안 우리 내외는 서울 구기동 산동네에 살면서 친지에게 강아지를 분양받아 기르다가 두 번 실패한 적이 있었다. 첫 번째는 복날을 앞둔 어느 날 개장사가 내 집 개를 보고는 팔라고 부쩍 조르는 것을 문전박대했더니 이튿날 새벽에 그만 없어져 버렸다. 두 번째도 친지에게 분양받아 기른 우리 집 루키_{개 이름}가 이웃이 놓은 쥐약을 먹고는 입에 거

품을 물고 죽었다. 나는 몹시 아픈 마음으로 루키를 뒷산에 고이 묻어
주었다.

'러시안 블루'　　　　카사는 '러시안 블루' 종이다. 이 녀석은 여간해
서 제 마음은커녕 눈길 한 번 주지 않았다. 제에게 먹이를 주고, 몇 날
을 같이 놀아줘야 그제야 비로소 눈길 한번 줄까 말까다. 밥도 아무거
나 먹지 않았고 꼭 제 사료만 먹었다. 하지만 대소변은 용케 잘 가렸다.
꼭 제 화장실에서만 볼 일을 보고는 인공고양이 모래로 꼭꼭 덮었다.
　이 녀석이 안흥에 온 뒤 하루 절반 넘게 창가에서 하염없이 밖을 바
라봤다. 그런 모습이 가여워 안고 밖으로 나가면 이웃집 개를 보고도
벌벌 떨며 내 품을 파고들었다. 그렇게도 겁이 많으면서도 이 녀석은
틈만 나면 잽싸게 밖으로 뛰쳐나갔다. 하지만 그때는 이놈이 바깥은 살
수 없는 세상으로 알고 우리 내외는 애써 붙잡아 들였다. 이미 야성을
잃어버린, 천장의 쥐조차도 무서워하지 않는 카사는 이 겨울 내 집을
떠나면 단 하루도 살 수 없을 게다. 하지만 이놈은 그런 줄도 모르고 계
속 밖으로 뛰쳐나가려고 마냥 몸부림이었다. 이는 모든 생명체들이 본
디부터 갖는 '자유'에 대한 향수 때문이리라.

　카사, 이 녀석은 지금 내 곁에서 '그렁그렁' 잠자고 있다. 내가 제 이야
기를 쓰는 줄도 모른 채, 아득히 먼 제 고향의 산하를 헤매고 있으리라.

05. 1.

ⓒ 박상현

창가에서 바깥을 하염없이
바라보는 카사

나도 고양이랍니다.

지난해 봄부터 우리 부부는 40년 넘게 살았던 서울을 떠나 강원 산골마을로 내려와 단둘이 지내고 있다. 몇 친구들은 뒤늦은 두메 '밀월생활'로 자기네도 한번 이렇게 단둘이 살아봤으면 좋겠다는 둥, 새콤하고 아기자기한 부부생활 이야기를 들려달라고 한다. 하지만 우리 부부는 결혼 초나 이제나 늘 담담 덤덤하게 살고 있다.

옛 어른들이 부부가 나이가 들고 아이들이 없으면 얘깃거리도 없다고 하더니, 우리 부부도 그렇다. 그런 가운데 카사가 새 식구로 입주하자 부부 사이에 얘깃거리가 되고 있다. 아내는 매 끼니마다 카사 밥을 챙겨주거나 화장실 청소를 해주면서 이 녀석과 대화를 나누곤 한다. 이따금 목욕도 시켜주거나 발톱을 깎아줄 때는 나에게 도움을 청한다. 그때마다 우리 부부가 제 놈이 알아듣건 말건 몇 마디하면 이 녀석도 뭐라고 대꾸했다.

카사가 안흥 집에 살면 천장의 쥐들이 사라질 줄 알았는데 이 녀석이 오고도 겁도 없이 들락거린다. 그럴 때마다 아내는 카사에게 "바보야, 쥐도 겁내지 않는 너도 고양이냐?"라고 마냥 놀렸다.

며칠 전 저녁이었다. 아내의 목소리가 갑자기 높았다.
"여보, 카사가…"

"무슨 일이요?"

"카사가 쥐를 잡았어요."

"뭐, 카사가 쥐를 잡았다고!"

카사란 놈이 봉당 뒤꼍에서 생쥐 한 마리를 물고서는 의기양양하게 "응 응" 거리며 거실에 나타냈다. 생쥐는 그때까지 산 채 '찍찍' 거렸다.

"카사, 놓아줘!"

아내의 큰 소리에 카사가 물었던 생쥐를 놓아주자 그놈은 잽싸게 거실 구석으로 도망갔다. 하지만 고양이 앞의 생쥐는 멀리 도망을 가지 못하고 부들부들 떨기만 하였다. 내가 집게로 생쥐를 집어 두엄자리에 갖다버렸다.

"우와! 우리 카사가 쥐를 다 잡았네."

아내의 칭찬에 카사는 그제야 고양이로서 체면을 차린 것을 과시라도 하는 듯, 연거푸 "야옹, 야옹" 소리를 질렀다.

'보셨지요. 나도 고양이랍니다. 앞으로는 저에게 더 이상 쥐도 못 잡는다고 놀리지 마세요.'

카사는 계속 목에다가 잔뜩 힘을 주면서 "야옹야옹" 거렸다. 나도 카사에게 한 마디 했다.

"그래, 너도 이제 당당한 고양이다."

05. 9.

"나도 고양이랍니다"

너의 *세상살이* 도 녹록치 않구나

누군가 환생일지도   대체로 어린 아이들은 동물을 좋아한다. 초등학교에 입학한 아들이 학교 앞 노점에서 병아리를 사 와 자기 방에다 라면박스로 둥지를 만들어 길렀다. 며칠 뒤 아침, 아들의 울음소리에 놀라 우리 내외가 방문을 열자 그 녀석이 그동안 기르던 병아리가 소리도 없이 둥지에 누워 있었다. 아들은 그 병아리를 내려다보면서 눈자위가 붓도록 흐느꼈다. 그날 그 녀석은 아침도 먹지 않은 채 삽을 들고 집 뒤 북한산 기슭 양지 바른 곳에다 정성껏 병아리를 묻어준 뒤 눈물을 주룩주룩 흘리며 등교했다. 아마도 그에게는 어린 시절 동물을 사랑하는 마음이 여태 남아 있어 카사를 데려온 모양이었다.

카사란 놈은 조그마한 틈만 있으면 잽싸게 밖으로 나갔다. 우리 내외가 출입문을 여닫다가 잠깐 방심한 사이 이놈을 놓치고는 다시 잡아들인다고 부산을 떨었다. 아무튼 이 녀석 때문에 한여름에도 문을 열어두지 못한 채 지냈고, 이놈이 수시로 창문이나 벽지를 찢어놓아 아내는 창호지와 풀비, 풀 그릇을 늘 곁에 두고 살았다.

이 녀석이 내 집 식구가 된지 세 해가 지나자 이따금 슬그머니 다가와 내 무릎 위에 앉기도 하며 서로 마주 보며 몇 마디씩 말을 주고받기도 한다. 한밤중에 일어나면 이 녀석이 늘 곁에서 지켜주기에 그래도

제 밥값은 한다고 기특히 여기고 있다. 그런데 가장 큰 고역은 이 녀석
이 무시로 떨어뜨리는 털 공해였다. 진공청소기로 아무리 빨아들여도
실내 공기를 늘 흐리게 했다. 사실 나는 오래 전부터 비염이 있는지라
겨울철이면 이놈이 떨어뜨린 털 때문에 무척 고통이 심했다.

　내가 일방으로 다른 이에게 분양하려다가 아들에게 그 사정을 말하
자 주말에 내려와 카사를 서울 제 거처로 데려갔다. 하지만 아들은 다
른 이에게 분양하거나 이전 주인에게 돌려주지 않고 또 제 좁은 방에서
키우고 있었다. 그런 내 처사를 아내가 몰인정하다고 몹시 나무랐다.

카사가 장독대 아래서 낮잠을 즐기고 있다.

아내는 카사가 누군가 환생으로 우리 집에 왔을지도 모른다는 뜬금없는 얘기를 했다.

나는 그 얘기에 몹시 충격을 받았다. 이 세상에 숱한 집 가운데 왜 하필 우리 집에 왔을까? 그것도 반려동물을 기르기 엄청 꺼려했던 우리 집에 말이다. 이 녀석은 분명 우리 식구와 전세의 인연이 있을 것 같은 생각이 들었다. 어쩌면 천수를 다 누리지 못한 내 어머니나 누이동생의 환생일지도 모른다는 생각이 나를 짓눌렀다. 그러면서 그동안 이놈을 쫓을 생각만 했던 내가 몹시 죄스러웠다. 마침 서울 가는 길에 아들 방에서 카사를 안고는 다시 안흥으로 데려왔다.

　지난해 여름 이곳 횡성지방에는 기상 관측 이래 비가 가장 많이 내렸다고 한다. 산골 내 집에도 거실까지 물이 찼다. 그러자 냉장고 밑에 오래된 먼지가 물에 쓸려 나왔는데 대부분 카사 털이었다. 그때부터 털 공해에서 벗어나며 함께 사는 방법을 찾았다. 아내는 이제와는 달리 날씨가 따뜻해지면 카사를 바깥에서 놓아기르자는 안을 냈다. 그 안이 성공할지 불안했지만 설사 실패하면 그것도 제 놈의 운명이라고 단정했다.

　4월 초순, 아내가 나들이 간 사이 방심한 채 본채 문을 열다가 카사가 그 틈에 잽싸게 바깥으로 뛰쳐나갔다. 나는 그 녀석을 온종일 먹이로 유혹하며 집안으로 끌어들이려 해도 여간해서 잡히지 않았다. 해거름 때에 들어온 아내는 그 얘기를 듣고는 이참에 아예 카사를 바깥에서 기르자고 밥그릇, 물 그릇, 침대, 의자. 화장실 등 제 살림살이를 모두 바깥으로 옮겼다. 그날 밤에는 이놈이 다시 집안으로 들어오겠다고 문을 긁으며 밤새 울부짖었다.

　"언제는 나가겠다고 발버둥이더니 이제는 들어오겠다고, 너 이제 밖에서 살아!"

　아내는 그 녀석의 청을 매정하게 잘랐다. 그 뒤 사나흘 동안 그 놈은 밤낮으로 계속 집안에 들어오겠다고 울부짖고, 용케 집안에 들어온 놈을 다시 밖으로 쫓았다. 닷새 후부터는 제 놈도 이제는 자기가 밖에서 살아야 되는 줄 알아차리고는 더 이상 보채지 않았다.

　먼저 그 녀석의 집을 마련해 주는 일이 급했다. 개 집 같은 곳은 강원 산골의 겨울 추위를 이겨낼 수 없을 게다. 마침 지난 가을에 새로 만든 심야전기보일러실이 카사 거실로 안성맞춤이었다. 보일러실은 사방을 패널로 막았기에 보온도 잘 되고, 겨울철에는 온수통의 열기로 따뜻했다. 다만 사방을 막았기에 실내가 어둡고, 여름철에는 무덥고 환기가 되지 않을 것 같아 창틀 집에 부탁하여 방충망을 곁들인 창문을 내주고, 실내에서도 앉아 바깥을 환히 내다볼 수 있는 높은 탁자도 내 손으로 만들어 주었다.

다행히 카사는 새로운 환경에 잘 적응했다. 이른 아침 문을 열어달라고 보채면 문을 열어주고는 오전 9시에 아침밥을, 정오 무렵 참으로 우유나 요구르트를, 저녁 7시면 저녁밥을 준 다음 제 집에 들어가도록 길들였더니 그대로 잘 따랐다.

빵과 자유   카사, 그 녀석이 마침내 '자유'를 찾았다. 그동안 빵 문제는 해결됐지만 온종일 갇힌 채 살았으니 얼마나 자유가 그리웠겠는가? '빵'과 '자유', 이 두 가지는 생명체에게 가장 소중한 기본권이다. 사람이나 동물들의 아귀다툼도 결국 이 두 가지 때문일 것이다.

카사는 정말 신기하게도 새 환경에 잘 적응했다. 그동안 우리 내외가 괜히 그 녀석을 집안에서 기르느라고 우리도, 저도 고생했다. 그 녀석은 아침에 일어나 문을 열어주면 집 언저리를 맴돌거나 뒷산으로 올라가 멧새들의 노래를 들으며, 숲 속에서 그들과 더불어 대자연의 한 일원으로 살아갔다. 그러다가 제 놈이 간식 먹을 시간은 용케도 알고 집으로 내려왔다.

먼저 아내가 있는 본채에서 '아웅, 아웅' 밥 달라고 보채다가 기척이 없으면, 아래채 내 글방 문 앞으로 옮겨와 거지가 동냥하듯 아우성을 쳤다. 그러면 아내나 내가 제 간식을 챙겨주면 뚝딱 먹은 뒤 사라졌다. 그에게는 나날이 달라지는 언저리 자연 생태계가 매우 신기한 모양이었다. 뒷산으로, 옆집으로, 길 건너 인삼밭으로, 배추밭으로, 지붕 위로 제 가고픈 대로 마음껏 쏘다녔다.

카사가 자유의 몸이 된 지 일주일 뒤 무렵이었다. 그 녀석이 뒤꼍에서 "으응 으응"괴상한 비명을 질렀다. 후딱 소리 나는 곳으로 달려가 보니 저보다 덩치가 훨씬 큰 시커멓고 흰 무늬박이 검은 고양이 앞에서 카사는 벌벌 떨면서 비명을 지르고 있었다. 내가 몽둥이를 들고 검은 고양이에게로 다가가자 그놈이 멀리 도망갔다. 그래도 카사는 잔뜩 겁을 먹은 채 컨테이너 박스 아래로 더욱 깊숙이 기어들어가 몸을 숨겼다.

아마도 검은 고양이는 우리 동네 터줏대감으로, 카사가 자기 영역을 함부로 침범했다고 혼내주려고 온 모양이었다. '동물의 세계'를 보면 그들에게도 나름대로 각자 영역이 있다. 특히 토박이들은 자기 영역을 침범해 온 무리와 목숨을 건 일전을 치른다. 사람 세계도 마찬가지다. 외적이 자기 땅을 함부로 침입할 때는 목숨을 걸고 싸우지 않는가.

이튿날 그 놈이 또 우리 집 카사를 혼내주고자 살금살금 쳐들어왔다. 내가 전날처럼 몽둥이를 휘두르자 그놈은 잽싸게 도망쳤다. 그놈은 야생으로 자랐기에 카사보다 재빠르며 힘도 억세고 사나워 보였다. 그날부터 우리 내외가 집에 있을 때는 카사를 풀어두었지만 두 사람이 집을 비울 때는 제 집에 가둔 뒤 나갔다.

아내의 당부   아내는 아침마다 카사 집 문을 열어주면서 일렀다.

"네가 그 놈과 친하게 지내든지, 아니면 그놈과 싸워서 이겨야 해."

그러면 카사는 잠자코 들었다.

우리가 카사를 밖에다 키운 지 한 달이 지날 무렵, 서울나들이를 하고 집으로 돌아오자 대낮인데도 제 집에 갇혀 있었다. 아내에게 그 까닭을 묻자 어제 집 앞 인삼밭 주인이 쥐나 고양이를 잡는다고, 온 언저리에다 쥐약을 듬뿍 묻힌 생선 덩어리를 곳곳에 던져두었다고 했다. 그런데 쥐나 고양이보다 동네 개들이 먼저 결딴났는데, 앞집 노씨 똘똘이 강아지가 그새 거품을 내며 죽었다고 했다. 그래서 우리 카사에게 그 화가 미칠까봐 하는 수 없이 아침부터 집에 가뒀다고 했다. 그런데도 카사는 영문도 모르고는 바깥으로 나가겠다고 몸부림을 쳤다. 카사가 문을 열어달라고 계속 아우성치는 소리에 하는 수 없이 아내는 그놈에게 다가가 아무 거나 먹지 말라고 잔뜩 주의를 준 뒤 문을 열어주었다.

바깥세상에는 카사의 지뢰가 숱하게 많았다. 요즘은 시골집에도 집집마다 자동차가 한두 대 꼴이요, 하다못해 스쿠터나 트랙터, 경운기라도 있기에 그 모두가 카사에게는 지뢰들이다. 게다가 야생 고양이나 사람들이 놓은 쥐약이나 덫도 카사에게는 지뢰들이다. 카사는 자동차가 무서운 줄도 모르고는 그 밑에 잘 들어갔고, 어떤 때는 아예 우리 집 승용차 밑에서 팔자 좋게 낮잠까지 즐겼다. 사실 국도나 고속도로를 달리다 보면 자동차에 깔려죽은 야생동물들이 부지기수가 아닌가.

사람들이 저만 편리하고자 만든 문명의 이기들이 야생동물에게는 대부분 지뢰다. 아내는 카사에게 매끼 밥을 줄 때마다 "이웃 고양이 조심, 차 조심, 사람 조심을 하라"고 세 살배기 어린이에게 이르듯 열심히 가르치지만, 그 녀석이 얼마나 알아듣고 조심하는지 모르겠다.

카사, 너의 세상살이도 녹록치 않구나.

07. 5.

여름날 처마 밑 시루 위에서 낮잠을 즐기는 카사

카사는 고독하다

흐뭇한 일　　누군가 나를 기다리고 있다는 것은 흐뭇한 일이다. 서울에서 볼 일을 마치고 뙤약볕 아래 서둘러 안흥 집으로 내려왔다. 카사에게 간식을 주고자 함이었다. 집에 이르자 카사란 놈이 장독대 곁에서 나를 꼬박 기다리고 있었다. 옷도 갈아입지 않은 채 냉장고에서 우유를 꺼내 제 밥그릇에 부어줬다. 카사가 간식을 먹고 난 뒤 고맙다고 제 몸을 내 몸에 비비며 '그렁그렁' 거렸다. 고양이들은 기분이 좋을 때 '그렁그렁' 거린다.

나는 그 녀석의 등을 긁어주면서 "잘 있었니?" "심심치 않았니?" 따위의 말을 건네면, 저도 "애, 애" "어, 어" "응, 응" 따위의 소리로 뭐라고 대꾸한다. 아마도 "잘 지냈습니다" "혼자 지내니까 조금 무섭기도 하고 적적했습니다" 등의 대꾸일 것이다.

지난날 서양 사람들이 죽을 때 자기가 기르던 개나 고양이에게 적잖은 유산을 물려준다는 해외토픽을 보고는 '별 미친 사람'이라고 흉을 보았다. 그랬던 내가 요즘은 그 사람들을 이해하게 되었다.

사람들에게 물질의 풍요와 개인주의 발달, 그리고 자유의 신장은 가족해체라는 부산물이 따랐다. 농경사회에서는 먹고 살기 위하여 대가족제가 유리했지만, 첨단 문명이 고도로 발달한 이 시대는 돈만 있으면 혼자 사는데 조금도 불편치 않게 되었다. 그러자 사람들은 더 많은 자유를 누리기 위하여 가정이라는 굴레를 박차버리는 세태다. 현대인은 이전에 누리지 못한 '빵과 자유'를 얻었지만 대신 그와 반면에 '고독'을 얻었다. 그 고독을 메우기 위한 가장 손쉬운 방안이 아마도 반려동물과 함께 사는 일일 것이다.

유럽여행 중에 견문한 바, 독일인은 개를 어찌나 좋아하는지 남의 집 개를 욕하다가는 이웃 간 원수지게 마련이라고 한다. 그들에게 반려동물은 가족이나 다름이 없다. 우리나라도 이런 추세가 점차 번지고 있다.

고독은 죽음과 같다

우리 집 카사는 아내가 없으면 더욱 나를 따른다. 저의 모든 뒷바라지를 내가 대신 해주기 때문이다. 아내가 며칠 집을 비운 이즈음, 이 녀석은 밤낮없이 수시로 내 방 창가로 다가와 배가 고프니 먹이를 달라, 제 몸을 애무해 달라, 함께 놀아 달라 … 마치 어린 애가 칭얼거리듯 보챈다. 요즘은 한밤중에도 불 꺼진 내 방 창가 언저리를 맴돌면서 몹시 성가시게 한다. 그럴 때는 다시 불을 켜고 잠시 놀아주기도 하지만 바쁘거나 많이 졸릴 때는 못들은 척 눈을 감아 버린다.

그저께 밤, 잠결에 시커먼 게 내 머릿결을 스쳤다. 주뼛 놀라 깨어보니 머리맡에서 카사가 나를 지켜보고 있었다. 분명 자기 전에 방문을 닫았는데 어쩐 일인가 불을 켜고 살펴보니, 이 녀석이 방충망과 창문을 용케 열고서는 내 방으로 들어왔다. 이 녀석과 조금 놀아주고는 "너도 이제 자라"고 달랜 뒤 밖으로 내보냈다.

카사는 고독하다. 그에게는 가족도 없다. 내 집에 오기 전부터 이미 거세되었다. 그러니 그에게 가족이 있을 리가 없다. 이 산골마을에도 집고양이나 들고양이가 있지만 그들과 잘 어울리지 못한다. 이곳 암컷 고양이는 카사가 사내구실을 못한다고 눈길도 주지 않는 모양이다. 날이 갈수록 저 놈이나 나나 혼자 지내는 시간이 많아지자 서로 대화하는 시간이 길어지고 있다. 곰곰 생각할수록 고독한 카사가 가여웠다.

"고독은 이 세상에서 가장 무서운 고통이다. 어떠한 공포도 모두 함께 있다면 견딜 수 있지만 고독은 죽음과 같다."

〈25시〉의 작가 게오르규의 말이다. 고독은 사람만이 느끼는 게 아니라 이 세상 모든 생명체들이 다 느끼나 보다.

07. 8.

카사가 장독대 앞에서 우리 내외를 기다리고 있다.

우 편 함으로 들어간 고양이

눈이 내리다　　　간밤에 눈이 소복 내렸다. 책상 위 달력을 보니까 오늘이 '소설小雪'이다. 아주 절기에 꼭 맞는 첫눈이다. 아이들이나 스키어들은 눈이 내리면 펄쩍 뛰며 환호하겠지만 나는 이제 그럴 나이도, 처지도 아니다. 마당이고 집 어귀에 눈을 쓸 일이 만만치 않기 때문이다. 이곳에 온 첫해 겨울은 가뭄이 몹시 심했다. 눈이 내린 다음날 샘물을 길어오다가 눈길에 넘어져 서너 달 목발을 짚고 다녔다.

　눈이 반갑지 않은 것은 카사에게도 마찬가지인 모양이다. 예사 때와는 달리 아침밥을 주고는 제 집에 가뒀더니 줄곧 시끄럽게 보채기에 문을 열어주었다. 그러자 잽싸게 밖을 나온 뒤 곧 안채 현관 앞에서 어정거리며 "야옹, 야옹" 계속 울부짖었다. 아마도 날씨가 추우니까 집안으로 들어오겠다는 하소연 같았다. 집안에서 기를 때는 밤낮으로 밖으로 나가겠다고 문을 찢고 벽을 할퀴더니 이제는 집안으로 들어오겠다고 바깥에서 아우성을 쳤다.

　인생만 그런 게 아니라, 묘생猫生, 고양이의 삶도 또한 역전을 거듭하나보다. 나도 아내도 그 녀석의 청을 매정하게 딱 자르고 현관에서 쫓았다. 그러자 그 녀석은 온 집안 양지쪽을 찾고자 기웃거렸다. 원래 고양이는 양지쪽과 따뜻한 곳을 매우 좋아한다. 시인 이장희는 고양이의 이런 점을 잘 그리고 있다.

봄은 고양이로다

꽃가루와 같이 보드러운 고양이의 털에
고운 봄의 향기가 어리우도다.

금방울과 같이 호동그란 고양이의 눈에
미친 봄의 불길이 흐르도다.

고요히 다물은 고양이의 입술에
포근한 봄 졸음이 떠돌아라.

날카롭게 쭉 뻗은 고양이의 수염에
푸른 봄의 생기가 뛰놀아라.

아직 겨울 문턱인데 제 놈이나 나나 추위에서 해방될 봄을 기다리기
에는 까마득히 멀다. 나는 요즘 호남의병 유적지 답사기인 『누가 이 나
를 지켰을까』를 집필 중인데 그 진도가 매우 지지부진하다. 집중해서 글
을 쓰려고 하면 이런저런 나들이할 일이 생겼다. 꼭 필요한 일만 보고는
잽싸게 돌아오지만 때로는 그 후유증은 사나흘, 혹은 일주일 이상 가기도
한다. 스님이 도를 닦고자 더 깊은 산속으로 들어가는 까닭을 알만하다.

오늘은 이른 아침부터 컴퓨터를 켜놓았지만 답사기를 한 줄도 쓰지
못하고 궁싯거리다가 배달된 우편물이라도 있는지 우편함으로 갔다.
그런데 카사란 놈이 우편함 속에서 한참 제 몸단장을 하더니 곧 따사한

우편함 속으로 들어간 카사

햇살을 즐기면서 낮잠에 빠졌다. 나는 카메라를 꺼내 와 그 녀석의 귀여운 모습을 담은 뒤 그놈을 안고는 초겨울의 따사한 햇살을 함께 즐겼다.

내 마음이 차분해지면 이 나라를 지키다가 목숨을 바친 이름 없는 영웅들의 위대한 삶을 그릴 것이다. 그 시간은 피를 말리듯 힘겹지만 기막힌 기쁨도 있다. 사실 작가의 기쁨은 글을 쓰는데 있다. 더욱이 내가 그리는 인물이 나라를 구하고자 목숨을 바친 의병들이 아닌가.

07. 11

*사랑*의 메시지

중생은 슬프다　　　일찍이 부처님은 "모든 중생들은 불쌍하다"고 말씀하셨다. 사람도, 동물도 세상살이가 만만치 않다. 문명의 발달로 온갖 편리한 생활용품들을 쏟아내지만 사람들은 이전보다 행복하기는커녕 보통으로 살기도 힘들다고 여기저기서 아우성이다. 동물들도 마찬가지다. 그들에게는 이 세상이 온통 덫이나 지뢰밭이요, 블랙홀이다. 동물 가운데 사람에게 사육당하지 않고 야생으로 살아가는 것들은 그 종류도 개체수도 점차 줄어들고 있다.

　강원 두메 산마을에도 지난날 그 흔한 메뚜기도, 개구리나 뱀도 찾아보기가 쉽지 않다. 산에 사는 야생 길짐승이나 날짐승마저도 사람들이 놓은 덫이나 올가미 등, 밀렵꾼 등쌀에 목숨을 부지하기가 매우 힘드나 보다. 다행히 카사는 우리 내외의 보호 아래 용케 지뢰밭들을 요리조리 잘 피해가면서 지내고 있다.

　그런데 이즈음 그놈은 부쩍 외로움을 더 느끼는지 시도 때도 없이 저와 놀아달라고 보채는 빈도가 잦다. 오늘 새벽 본채로 건너 와 차를 끓이는데 카사란 놈이 용케 알고서 제 집에서 "야옹 야옹" 울부짖었다. 내가 차를 마신 뒤 제 집에 가자 창틀로 뛰쳐나와 반갑게 '그렁그렁' 거렸다. 문을 열어주자 그는 얼른 내 품에 안겼다. 한참 동안 그 녀석과

"나 예쁘지요? 나랑 놀아주세요."

놀아준 뒤 제 집으로 돌려보내면서 타일렀다.

"잘 자. 아침에 보자."

그 녀석은 내 말귀를 알아들었는지 더 이상 보채지 않았다. 그 녀석
은 내 일을 방해하는 애물단지다. 아마도 그 녀석의 보챔은 나에게 좀
쉬어가며 일을 하라는, 내 건강을 염려하며 보내는 사랑의 메시지인가
보다.

08. 1.

카사, 그리고 나

기척이 없는 카사   카사가 내 집 식구가 된 지 그새 6년째로 접어들었다. 입주 초기에는 서로 갈등도 많았지만 이제는 어엿한 가족이 되었다. 처음 3년은 집안에서 지냈지만 그 뒤부터는 밖에서 길렀는데 다행히 잘 적응하고 있다. 그 녀석은 밥 때가 되면 내 방문에 와서 "아옹, 아옹" "아, 아"등의 소리로 몹시 보챈다. 내가 못 들은 척 내버려두면 내 방 창틀까지 뛰어올라 애절히 부르짖었다. 그제야 "알았다. 맘마 먹으러 가자"하고 나서면 엉덩이를 좌우로 흔들며 아주 신이 나 제 집 밥그릇으로 달려갔다. 제 밥을 주면 '번갯불에 콩 구워먹듯' 후딱 먹고는 한바탕 기둥을 타고 오르는 재롱을 부린다. 아마도 제 딴은 밥값에 대한 보답으로 재롱을 피우는 모양이다.

그제부터 아내가 서울 아이들에게 갔기에 혼자 지내고 있는데 어제 저녁은 밥 때가 되어도 이 녀석이 내 방문 앞에서 보채지를 않았다. 이럴 때는 마당에 나가 "카사야! 카사야!"하고 두어 번 부르면, 곧 "애, 애" 또는 "야옹"하고 어디선가 불쑥 나타나기 마련인데 아무런 기척이 없다. 그래 곰곰 생각해 보니 아침나절 앞집 노씨 배추밭 모퉁이 콩깍지 더미에서 그 녀석이 쥐를 사냥하고자 마냥 기다리는 것을 보았기에, 거기를 가서 불러도 기척이 없었다. 그래서 온 동네가 떠나가도록_{세 집} _{밖에 안 되지만} "카사야!", "카사야!"를 부르며 헤매도 기척이 없었다.

갑자기 불길한 생각이 들어 집 앞 도로 여기저기를 살펴도 끝내 그놈 종적은 보이지 않았다. 다시 제 집으로 돌아와 "카사야!" 크게 부르자, 이 녀석이 그제야 제 집 잠자리에서 깨어나 하품을 하면서 겸연쩍게 내게로 다가왔다.

먼저 내가 제 집 둥지를 살피지 않고 바깥에서 소동을 피우며 애간장을 태운 게 멋쩍기도 하고, 한편으로는 카사가 무사한 게 반가워 저녁밥을 준 뒤 문을 닫아주고는 내 방으로 돌아왔다.

아침밥을 깜빡 잊다　　오늘은 원주기독병원에 건강검진 예약 날이다. 병원 측에서는 아침밥을 먹지 말고 빈속으로 일찍 오라고 일렀다. 나는 이른 아침 모닝콜을 듣고 일어날 때만 해도 '카사 밥을 주고 가야지'라고 생각했으나, 세수하고 외출복을 갈아입자 버스시간이 빠듯하여 그만 후딱 집을 나섰다. 그 바람에 카사 밥 주는 일을 그만 깜빡 잊어버렸다.

버스가 전재 고개를 넘을 때에야 불쑥 카사 밥을 주지 않은 게 생각났다. 오늘은 채혈을 하고 그 결과까지 보는 날이다. 그러자면 아무리 빨리 집에 간데도 오후 3시는 넘게 마련이다. 그때까지 카사 밥을 굶기고 제 집에 가둬둔다고 생각하니까 그에게 무척 미안했다. 버스에 내려도 안흥으로 돌아가는 버스를 타려면 길거리 정류장에서 30분은 더 기다려야 하고, 그렇게 하다가는 병원 예약시간을 도저히 맞출 수 없었다. 집에 차를 두고도 스스로 족쇄에 묶여 구닥다리로 사는 내가 미워졌다. 마침 주머니를 뒤지자 수첩이 나왔고 옆집 전화번호를 찾아 다이

뒷산으로 마을 가는 카사

얼을 누르자 노씨가 받았다앞집 옆집이 모두 노씨로 이 두 집 노씨는 사촌간이다. 옆집 노씨는 올 정초부터 이장이 되었다.

"이장님, 옆집 박 선생이에요. 저 지금 원주로 가는 중입니다. 깜빡 잊고 우리 집 카사에게 아침밥을 주지 않고 나왔네요. 좀 부탁합니다."
"알았습니다. 곧장 가 줄게요."

잠시 뒤 이장님한테 그 녀석 밥을 잘 챙겨주었다는 전화를 받고는 편안한 마음으로 병원에 갔다. 채혈을 하고 두 시간 기다린 끝에 담당 전문의를 만났다. 내가 재판 결과를 기다리는 심정이라고 하자, 의사는 밝은 표정으로 "수치가 많이 좋아졌습니다. 계속해 채식하시고 운동 많이 하십시오. 이제 약은 안 들어도 되겠습니다"라고 말하기에, 가뿐한 마음으로 병원을 나섰다. 부지런히 버스를 두 번 갈아타고 집으로 돌아오자 오후 3시가 조금 넘었다.

저를 잊지 마세요   그때까지 카사는 제 집에 갇혀 있었다. 이장님이 밥만 챙겨주었지 제 집 문을 열어주지 않았다. 내가 문을 열어주자 그는 얼른 밖으로 뛰어내려 내 앞에 드러누웠다. 저를 애무해 달라는 신호였다. 내가 제 놈의 등을 긁고는 안아 주자 눈을 지그시 감고는 '그렁그렁' 거렸다.

"고마워요. 보고 싶었어요. 저를 잊지 마세요. 나는 당신 카사예요."

어느 시인은 늘그막에 고양이와 단 둘이 산다고 하더니, 영판 내가 그 처지다. 나는 카사의 등을 쓰다듬어 주며 "미안하다, 카사야. 앞으로는 이런 일이 없도록 각별히 주의할게"하고 말하자, 그놈이 눈을 감은 채 "애, 애"라고 대답하고는, 계속 그렁거렸다.

09. 3.

카사, 그리고 **나**

아내의 애무에 카사가 마냥 행복해하고 있다.

어디서 무엇이 되어 *다시* 만나랴

봄은 건너뛴 듯　　　요즘 날씨는 어찌된 셈인지 봄은 건너뛰고 여름이 온 듯하다. 엊그제는 겨우내 껴입었던 내복도 벗어버렸고, 실내 화초도 마당에 꺼내 물을 듬뿍 주고 일광욕을 시켰다. 말 못하는 식물이지만 얼마나 상쾌했으랴. 간밤에는 카사란 놈이 제 집에서 칭얼거렸다. 아마도 이제는 날씨도 따뜻해졌으니 밤에도 자유롭게 드나들 수 있게 문을 잠그지 말라는 하소연 같았다.

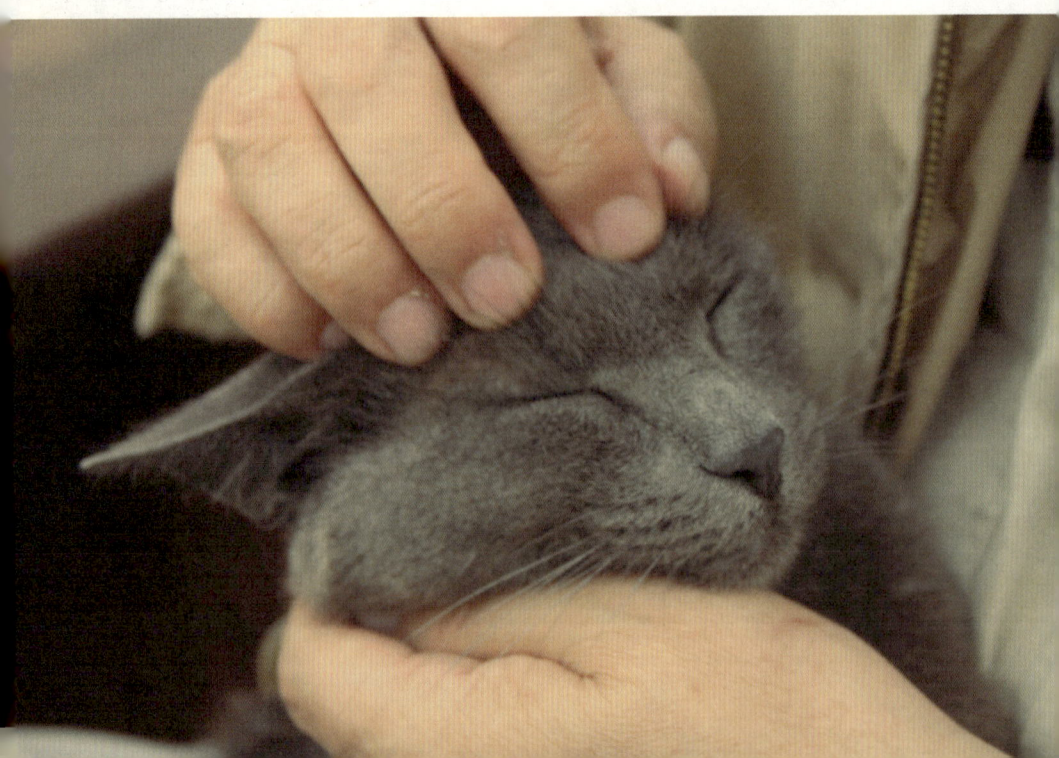

오랜만에 안흥 집을 찾아온 아들에게 안긴 카사

　오늘은 날씨가 완연히 풀렸기에 저녁밥을 주고는 문을 닫지 않았다. 이제 카사는 다시 24시간 자유의 몸이 된 거다. 늦은 밤 이 녀석이 제 집에서 자는지 궁금하여 가서 살피자 꼴이 보이지 않았다. 아마도 이 밤중에 앞집 노씨 곳간을 드나드는 쥐를 잡으러 갔거나 아니면 뒷산 다람쥐를 잡으러 간 모양이었다.

　내 방으로 돌아와 화면에 켜고는 자판을 두들기는데, 책상 아래쪽에서 벽을 갉는 듯한 소리가 들렸다. 순간 나는 집쥐들이 오늘 저녁부터 카사 집 문을 열어준 지도 모르고 '오늘 밤 네 놈들이 겁도 없이 설치는구나. 그래 두고 보자. 오늘이 네 놈들 초상 날일 거다' 라고 생각하고는 내 일에 빠졌다. 그런데 벽을 갉는 소리가 계속 내 신경을 건드렸

폐지함을 차지한 카사

"저는 오늘밤 이곳
에서 자겠어요."

다. 그래서 책상 아래 소리 나는 곳을 내려다보았다. 그런데 천만 뜻밖
에도 카사란 놈이 폐지를 담는 박스에 둥지를 틀고 누운 채 매우 행복
한 표정으로 나를 바라보고는 앞발로 종이박스를 긁고 있었다. 아마도
제 놈이 나에게 장난기 어린 신호로 종이박스를 긁었던 모양이었다. 조
금 전 내가 잠깐 방문을 열어둔 새 이 녀석이 슬그머니 내 글방에 들어
왔나 보다.

　　그런 뒤 제 딴은 나에게 가장 피해가 가지 않는 장소제 털이 흩어지지 않

인 폐지 박스에 둥지를 틀고는, 내가 일하는 모습을 행복한 표정으로 바라보다가 서로 잠시 눈길이나 마주치자고 신호를 보낸 것이었다. 나는 깜짝 놀라면서도 한편은 반가운 마음에 제 놈의 목덜미를 긁어주자 곧 '그렁그렁' 거리면서 아예 눈조차 감았다. 그대로 두어 시간 박스 안에 그대로 내버려두었다.

그놈이 얼마나 외로웠으면 이 밤중에 내 방을 찾아왔을까? 잠자리에 들기 전에 이놈을 안아다가 제 집으로 돌려보냈다. 밤새 그놈이 내 방에다 실례를 한다면 피차 얼굴 찌푸릴 일이 아닌가.

짐승들은 사랑을 준만큼 따른다　　　요즘 들어 나는 죽음이 그리 멀지 않음을 느낀다. 이곳저곳에서 신체 기능이 다 되어간다고 황색 신호를 보내고 있다. 그동안 건강히 살아온 게 감사하다. 이제는 죽음이라는 그림자를 담담히 받아들일 수밖에 없지 않은가.

사실 죽음도 별 거 아닌 삶의 한 과정이다. 불교의 윤회설이 참말이라면 카사와 나는 전생에 무슨 인연이 있었기에 이생에서 서로 만나 이제껏 5년 남짓 이 강원 두메산골 한 지붕아래 사는 것일까. 문득 김광섭 선생의 〈저녁에〉라는 시구 한 구절이 떠오른다.

> 이렇게 정다운
> 너 하나 나 하나는
> 어디서 무엇이 되어
> 다시 만나랴.

09. 3.

어미멧새의 피울음

쥐도 겁내지 않던 카사　　카사는 지난날 쥐도 못 잡는다는 아내의 조롱을 보상이라도 하듯, 이즈음은 자기에게 약 올렸던 쥐를 씨 말리듯 잡았다. 이놈은 쥐를 잡으면 "으응, 으응"소리를 내면서 꼭 우리 내외에게 신고를 했다. 그 소리를 듣고 바깥에 나가면 카사는 쥐를 입에다 물고 마치 개선장군처럼 으스댔다. 아마 자기도 이제는 당당한 고양이로 제 밥값은 한다는 것을 우리 내외에게 보여주기 위한 시위인가 보다. 이는 마치 아이들이 학교에서 100점 받은 답안지를 들고 부모에게 자랑하는 장면과도, 일본 사무라이들이 적군의 목을 베어 창에 꽂아 대장에게 보이면서 전공을 자랑하는 모습과도 같았다.

"저에게 쥐도 못 잡는 고양이라고 놀렸지요? 보세요, 이렇게 잡아왔잖아요."

그러면 아내나 나는 그에게 다가가 쥐를 잘 잡았다고 칭찬을 해 준다.

"아이고 우리 카사가 이제는 쥐도 잘 잡네."

그런 뒤 나는 삽으로 카사가 잡아온 쥐를 뒷산 양지 바른 곳에 묻어 주었다.

카사, 그리고 나

새 새끼를 잡다　　　카사란 놈이 바깥생활을 한 이후로 내 집뿐 아니라 옆집 앞집 두 노씨 집에 드나드는 쥐까지도 씨를 말려버린 듯, 우리 동네에서는 쥐를 볼 수 없게 만들었다. 쥐가 사라져 더 이상 잡을 수 없게 되자 카사는 대신 뒤꼍에서 다람쥐를 잡아오거나 심지어 제 덩치와 비슷한 큰 청설모까지 잡아왔다.

그럴 때마다 카사는 아내에게 칭찬은커녕 예쁜 다람쥐나 귀여운 청설모는 잡지 말라고 잔뜩 야단을 맞았지만 그때뿐이었다. 그 녀석은 이따금 새 새끼도 잡아왔다. 그럴 때는 아내에게 아주 크게 야단을 맞아도 그는 쥐는 잡아도 되지만 다람쥐나 청설모, 새 새끼는 왜 잡으면 안되는가 그 영문을 모른 듯했다. 내가 그동안 카사가 잡아온 쥐나 다람쥐, 청설모, 새 새끼 시체를 뒷산에 묻어준 게 수십 번은 더 된 듯하다.

오늘 아침, 내 글방 바깥에서 카사가 "응, 응"거리며 나를 부르고 있었다. "내가 무엇을 잡아 왔으니까 봐 주세요"라는 부름이었다. 여러해 한 집에서 같이 살다보니 이제는 그가 부르는 소리로 "배가 고파요" "심심하니까 같이 놀아 주세요" "내가 무엇을 잡아 왔으니까 봐 주세요"라는 정도는 알게 되었다. 후딱 마당으로 나갔더니 카사는 주둥이가 노란 어린 새 새끼를 물고 있었다.

"카사! 놓아 줘!" 소리치자 카사가 물었던 새 새끼를 얼른 내려놓았다, 하지만 이미 숨을 거둔 뒤였다. 지난해에는 마당에서 카사가 부르는 소리를 듣고 달려 나갔더니 다행히 새 새끼가 살아 있었다. 그래서 곧장 울부짖는 제 어미한테 돌려준 적이 있었는데 오늘은 살아날 가능성이 전혀 보이지 않았다.

늘 하던 대로 새 새끼를 뒷산 양지바른 곳에다 고이 묻어주었다. 막

집으로 돌아오자 죽은 새끼의 어미아비인 듯한 멧새 한 쌍이 집 언저리를 돌면서 애끊는 울음소리로 "찍 찍"거리며 제 새끼를 찾고 있었다. 아비 새인 듯한 놈은 전신주 높다란 곳에서 언저리 망을 보며 "찍 찍"거렸고, 어미인 듯한 멧새는 겁도 없이 카사 언저리를 맴돌면서 "찍 찍"거렸다. "야, 고양이 놈아, 너 내 새끼를 돌려 줘!"하는 울부짖음 같았다.

녹록치 않는 멧새들의 삶　　　나는 어미 새에게 빌면서 말했다.

"미안하다. 너희 새끼는 숨을 이미 거뒀기에 내가 뒷산에 고이 묻어 줬다. 앞으로 다른 새끼는 내 집 근처로 못 오게 해라."

카사에게 새끼를 내놓으라고 울부짖는 멧새

"아저씨, 아저씨도 자식 키워보셨지요. 아이들이 부모 말 잘 안 듣잖아요. 글쎄 그 녀석이 아저씨네 카사가 위험하다고, 오늘 아침에도 저와 아비가 번갈아 가며 단단히 일렀어요. 그런데도 걔가 어미아비 말은 듣지 않고 아저씨네 마당으로 가더니 기어이 일을 저질렀네요. … 아이고, 불쌍한 것, 이제 알에서 깨어난 지 두 칠도 안 되었는데. 제 딴은 세상 구경한다고 아저씨 댁으로 갔다가 그만…."

어미 멧새는 겁도 없이 계속 카사 언저리를 맴돌면서 울부짖었다.

"얘, 너까지 위험해. 이제 그만 멀리 가거라."
"아저씨, 자식을 잃으면 어미아비는 눈에 뵈는 게 없지요. 내가 카사란 놈의 눈이나 코를 콕 쪼아주고 싶어요."
"알았다. 내가 너희 대신 그 놈을 흠씬 때려주마."

하지만 어미아비 멧새는 내 집 언저리를 떠나지 않고 계속 지붕이나 전깃줄로 옮겨 앉으며 내내 울부짖었다. 그들 멧새 한 쌍이 "찍 찍"거리며 울부짖는 소리가 하루 종일 내 마음을 울렸다.

09. 6. 5.

뒷산 숲속 멧새가 내 집 전깃줄에 앉아
새끼를 애타게 부르고 있다.

예사 때는 좀처럼 앵글에 잡을 수 없는 멧새지만
새끼를 잃자 카메라의 접근도 두려워하지 않았다.

카사의 가출

식탐이 많은 나와 카사　　나는 식탐이 많은 편이다. 그래서 아내에게 잔소리를 숱하게 듣는다. 당신은 먹는데 좀 초연하라고. 아내는 소식에다 채식주의자로 하루 두 끼만 든다. 그런데 나는 하루 세 끼 꼬박 챙겨먹는다. 카사란 녀석도 나와 마찬가지다. 그 녀석은 먹기 위해 사는 건지, 살기 위해 먹는 건지, 한 끼 거르고는 못산다. 특히 밥 때를 앞두고는 매끼마다 몹시 보챈다. 꼭 한국전쟁 직후 거지들이 한창 득시글거릴 무렵 밥 때마다 대문 앞에서 밥 좀 달라고 아우성치는 꼴이다. 내가 방문을 열고서 "아직 밥시간이 아니야"라고 소리치면 그는 한동안 머쓱해 하다가 곧 다시 칭얼거리기 일쑤다.

오늘 아침은 밥 때가 되었는데도 카사란 놈이 보채지도 않을뿐더러 얼씬도 하지 않았다. 무슨 영문일까? 아내에게 그새 카사 밥을 줬느냐고 물었더니 아직 주

지 않았다고 했다. 이 녀석이 간밤에 동네로, 산과 들로 싸돌아다니다
가 늦잠을 자는 모양이라고 제 집 안을 살폈으나 거기에도 기척이 없었
다. 그 녀석이 가장 좋아하는 말로 카사를 크게 불렀다.

"카사야, 맘마 먹자!"

몇 번을 큰 소리로 외쳐도 달려오지도 않을뿐더러 온 집안에서는 그
녀석의 기척도 없었다. 그동안 이런 일은 없었던 터라 걱정이 되어 앞
집 옆집 뒤꼍을 다니면서 "카사야, 맘마 먹자!" 거푸 외치면서 동네를
한 바퀴 돌았다.
　'손오공이 아무리 신통을 부려도 부처님 손 안' 이라는 말처럼 제까
짓 놈이 어디에서 배를 채우랴, 제 놈이 곧 배가 고프면 돌아오리라는
편안한 마음으로, 나는 아침밥을 먹은 뒤 곧장 내 일에 빠졌다.
　그런데 카사란 놈은 점심때는 물론, 아내가 저녁 준비로 텃밭에서 상
추를 솎을 해거름 때까지도 기척이 없었다. 아무래도 카사에게 뭔 일이
일어난 듯한 불안감에 앞길로, 제 놈이 쥐 사냥으로 자주 가는 동네 어
귀 창고로 가 언저리를 살피며 "카사야!"를 외쳐도 끝내 기척이 없었
다. 마침 옆집 노씨가 들에서 돌아오기에 물었다.
　"이장님, 혹 우리 카사를 보았습니까?"
　"아침나절 뒷산에서 보이던 데요."
　나는 반가운 마음에 뒷산을 오르며 "카사야!"를 한껏 부르짖었다. 마
치 김유정의 〈동백꽃〉에서 점순 어머니가 "점순아! 점순아! 이년이 바
느질을 하다말구 어딜 갔어"라고 점순이를 요란하게 찾는 것처럼 뒷산
을 오르며 "카사야!"를 고래고래 불렀다.

한참동안 카사를 부르짖으며 산길을 오르는데 저만치서 카사가 "야옹, 야옹"하면서 부스스한 몰골로 내려왔다. 마치 산에서 밀애를 하다가 내려오는 점순이 꼴이었다. 어찌나 반가운지 그놈을 껴안고는 집으로 돌아왔다.

　"그동안 어디 갔었니?"
　"뒷산에요."
　"왜 이렇게 늦었니?"
　"……"

　이미 오래 전에 거세된 카사가 점순이처럼 뒷산에서 암고양이와 밀애를 했을 리는 없다.

카사의 운명　　나는 문득 교사 초년시절 한 녀석 얼굴이 떠올랐다. 내가 1970년대 초반 서울 오산중학교에서 2학년 11반을 담임할 때다. 어느 가을날 아침 반장인 김 아무개 녀석이 조회시간에 보이지 않았다. 그때까지 출석부가 깨끗했던 녀석인지라 궁금해 하다가 아마 늦잠을 잤거나 어디가 아픈 모양이라고 집으로 확인 전화를 하려다가 꾹 참았다. 그런데 4교시 내 수업시간까지 그 녀석 모습이 보이지 않았다. 점심시간에 집으로 전화를 했더니 어머니가 깜짝 놀랐다. 그 녀석이 예사 때와 마찬가지로 아침에 제때 등교했을 뿐만 아니라 그날 아침에는 3기분 등록금까지 손에 쥐어주었다고 했다. 평소 과묵하고 매사에 모범이었던 그가 갑자기 증발하다니…. 그날 하교시간 무렵 어머니는 헬쑥한 얼굴로 학교로 찾아왔다. 마땅한 곳을 죄다 수소문했으나 아이의 종적을 알 수 없다고 울먹였다.

나는 하루 사이 무슨 일이 있겠느냐고 어머니에게 위로의 말씀을 드린 뒤, 좀 더 느긋하게 기다려 보자고 했다. 하지만 그 녀석은 그날 늦은 밤까지도 귀가치 않은 모양으로 늦은 밤 수화기 속에서 어머니는 애간장을 태웠다.

이튿날 2교시 후 느지막이 그녀석이 고개를 푹 숙인 채 등교했다. 단단히 야단치려다가 반가운 마음이 앞서 아무 말 않고 교실로 들여보냈다. 그리고는 종례가 끝난 뒤 그를 조용한 곳으로 불러 지난 하루의 행방을 물었다.

그 녀석은 이즈음 학교생활에 회의를 느꼈다고 했다. 이런 가운데 학교교육을 제대로 받지 않고도 발명왕으로 성공한 에디슨을 알게 되었고, 아버지의 소 판돈을 몰래 가지고 집을 떠나 대기업가로 성공한 현대건설 정주영 회장 이야기를 듣고서는 자기도 그를 본받고 싶었다. 마침 등록금도 손에 쥐었기에 그걸 여비로 하여 서울역에서 무작정 부산행 열차를 탔다고 했다. 낯선 부산역에 내려 역전에서 두리번거리는데, 경찰관이 자기를 역전파출소로 데려간 뒤 집을 나온 사연을 물기에 자초지종을 그대로 얘기한 모양이었다. 사연을 다 듣고 난 경찰관이 집에서 부모가 애타게 기다릴 테니 곧장 집으로 돌아가라고 타이르면서 밤열차를 태주기에 서울 집으로 돌아왔다고 1박2일의 가출 이야기했다.

아마 카사도 날마다 똑같이 반복되는 생활에 염증을 느낀 나머지 간밤에 문득 저도 자립하고픈 마음에 뒷산으로 올라갔는지 모르겠다. 오늘 하루 야생으로 돌아가 생식을 하며 온종일 골똘히 앞으로 살아갈 생각을 하는데 먹은 게 토해지는 등, 아무래도 자기는 야생으로 돌아갈 자신도 없고, 집에서 매끼 주는 밥이 매우 그립던 순간에 내가 자기를 부르자 얼른 산을 내려온 모양이었다.

한 신문의 보도는 한 해 동안 가출 청소년은 전국에 20만 명에 이른다고 하고, 한 청소년 전문단체의 설문 조사에 따르면 중·고교생 절반 이상이 가출 충동을 느낀 적이 있다고 한다. 청소년만 그러하겠는가. 요즘은 세계 곳곳에는 홈리스노숙자들로 몸살을 앓고 있다. 내가 둘러본 세계 대부분 도시에서 홈리스를 만났다. 비단 사람만 가출 충동을 느끼겠는가. 사육동물도 제 스스로 밥을 마련해 먹으며 온 천하를 휘젓고 싶은 충동이 없겠는가.

내 품으로 돌아온 카사가 눈물겹도록 반가우면서도 한편으로는 자연으로, 제 가족 품으로 돌아가지 못하는 그의 운명, 묘생을 가여워하는 두 마음이 저녁 내내 오락가락했다.

09. 7.

고양이의 낮잠

  어린 시절 할머니는 봄비나 여름비는 '잠 비'이고, 가을비는 '떡 비'
라고 말씀하셨다. 시골에서 농사꾼들은 비 오는 날이 '공치는 날'로 특
별히 할 일이 없었기 때문이다. 쌀독이 바닥난 봄이나 여름에는 군것질
할 것도 마땅치 않아 가난한 집에서는 무료함을 메우는 가장 좋은 방법
으로 잠을 청했나 보다. 하지만 가을철에는 쌀독이 가득하기에 비가 오
면 방아를 찧어 떡을 해 먹었다.

  요즘은 전국이 장마철로 이곳 산마을에도 거의 날마다 비가 내리고
있다. 나는 이곳저곳 글감 자료 수집으로 나들이 갈 일이 많지만 날씨
때문에 미루고 있다. 전문 농사꾼은 아니지만 비가 내리니까 나도 갑자
기 할 일이 없기에 늘어지게 한잠을 자고 일어났다.

  창밖을 내다보니 우리 집 카사란 놈이 처마 밑 시루 위에서 내 글방
을 뚫어지게 바라보고 있었다. 계속 빗줄기가 세차기에 그대로 내버려
두자 저도 지쳤는지 시선을 돌려 장대비가 내리는 주천강 풍경을 하염
없이 바라봤다.

  잠시 뒤 그도 무료했음인지 시루 위에다 다리를 뻗어 누운 채 긴 하
품을 하고는 곧 낮잠에 빠졌다. 카사도 이런 날은 쏘다녀 보아야 다람
쥐도, 청솔모도, 멧새도, 잡을 수 없을 게다. 산골 고양이가 비오는 날
은 한잠 늘어지게 자는 게 시간을 보내는 가장 좋은 방법인 줄 저도 알

고 있나 보다.

사실 크게 보면 사람이나 고양이의 삶도 다 같다. 그런데도 사람은 저만 잘난 줄 알고 우쭐거리며, 이 세상 모든 걸 다 제 것인 양 가지려고 아등바등하는 바보라는 생각이 문득 스쳤다. 죽으면 다른 동물처럼 제 몸뚱이조차 간수치 못하면서도.

09. 7.

내 글방을 뚫어지게 바라보고 있다.

빨간 옷 입은 카사

블라디보스토크에서 만난 고양이　　이런저런 일로 해외로 나가면 한국인이 살지 않는 곳이 거의 없었다. 외교통상부 통계에 따르면 해외 170여 개국에 7백만 명이 넘는 동포가 있다고 한다. 몇 해 전 로스앤젤레스의 한 재활병원 병원에서 한 독립지사를 만난 적이 있었다. 그분은 한국에서 태어나 청년시절 상해임시정부에서 김구 주석 아래에 독립운동을 하시다가 늘그막에 자식을 따라 미국으로 이민을 와서 그 병원에 누워 계셨다. 그 얼마 전에 베이징에서 만난 한 독립지사도 경북 상주에서 태어나 동북 삼성 곳곳을 전전하다가 늘그막에 베이징에 정착하셨는데, 그 어른 인생역정이 하루를 꼬박 들어도 모자랄 할 만큼 험난했다.

문명의 발달로 동식물도 사람 따라 온 세계를 옮겨 다니고 있다. 우리 집 카사는 러시안 블루로 아마 그의 자취를 추적하면 기구할 것이다.

지난해 안중근 유적지를 찾고자 러시아 블라디보스토크에 가서 일백 년 전 한인들의 집단 거주지 신한촌을 둘러보는데, 휙 지나가는 고양이가 있어 살펴보니 무늬는 약간 달랐지만 꼭 내 집 카사와 생김새가 비슷했다. 그 며칠 뒤 블라디보스토크에서 열차로 하얼빈을 가는 도중 우수리스크에서 머물 때 이른 아침 역 앞에서 만난 고양이도 모양과 빛깔이 영락없는 내 집 카사와 같았다.

빨간 옷을 입은 카사

지난 해 늦가을 우리 부부가 안흥 말무더미 산골 집에서 원주로 이사를 앞두고 가장 크게 고민한 것은 카사의 거처 문제였다. 바깥에서 기르던 카사를 원주아파트로 이사를 가면 다시 가둬 길러야 하기 때문이다. 애초부터 그놈을 내도록 실내에 가둬 길렀다면 별 문제가 없으련만 지난 2년 남짓 바깥에서 자유롭게 살던 놈이 다시 실내생활에 적응할지가 가장 염려스러웠기 때문이다. 게다가 다시 그놈을 실내로 끌어들이면 몸에서 무시로 떨어지는 털 공해, 변 냄새뿐만 아니라 아파트에서는 반려동물을 기르지 못하게 권장하고 있기 때문이다.

　그래서 우리 부부는 횡성에 사는 여러 지인 가운데 어느 한 분에게 카사를 맡기고는 이따금 만나는 방법을 생각했다. 그런 가운데 안흥 집에 이전 주인이 다시 오기에 그분에게 카사를 부탁하면 저는 사람만 낯설지 제 살던 곳이기에 스트레스를 덜 받을 거라고 그렇게 부탁할 셈이었다. 아마도 안흥 집에는 집쥐가 많은 곳이기에 전 주인도 흔쾌히 응해 주리라 예상하며 편케 지냈다.

아파트로 거처를 옮기다　　　그런 가운데 이사를 한 달 앞둔 어느 날 글방에서 자판을 두드리고 있는데 집 뒤꼍에서 카사의 날카로운 비명이 들렸다. 그 소리에 놀라 나갔더니 아내가 안방에서 먼저 달려 나와 카사를 안고 다리의 상처를 살폈고, 카사를 죽어라고 물었던 검은 고양이 놈은 나를 보고는 잽싸게 노씨 배추밭 너머로 달아나고 있었다. 나는 돌멩이를 주워 그놈을 향해 냅다 던졌다. 하지만 그놈은 유유히 도망갔다.

그동안 카사는 그놈에게 여러 번 물리기도 했지만 상처는 대단찮았는데 이번에는 넓적다리 부분에서 피가 흥건히 흘러 내렸다. 우리 내외는 그놈을 승용차에 태워 그 전에 치료를 받은 적이 있는 원주 태장동 삼성동물병원으로 데려 갔다.

수의사는 카사가 매우 심하게 물렸다고 하면서 마취제를 놓고 상처 부위에 네댓 바늘이나 꿰매는 수술을 했다. 그러고는 카사가 상처에 혀를 대지 못하게 넥칼라Neckcollar, 플라스틱으로 만든 목깃를 씌워 주었다. 카사는 그날부터 사흘 꼴로 대여섯 차례 통원치료를 하자 다리 상처는 아물어 가는데 어느 하루 목덜미를 살피자 그곳에 미처 발견치 못한 또 다른 깊은 상처가 있었다. 다시 병원에 다니면서 그곳을 집중 치료했다.

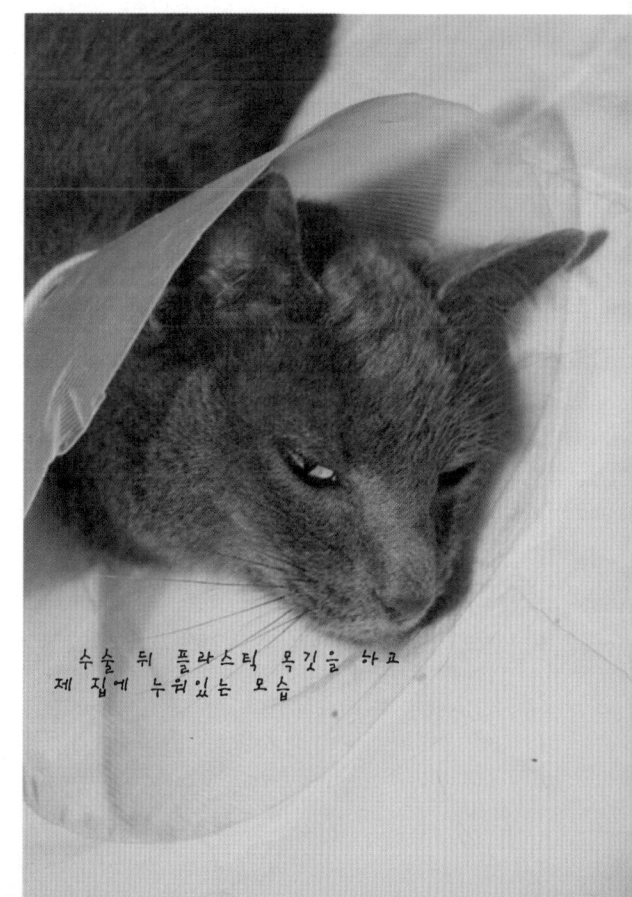

수술 뒤 플라스틱 목깃을 하고
제 집에 누워있는 모습

카사의 큰 부상은 저나 우리 부부의 생각에 큰 변화를 가져왔다. 카사는 그날부터 제 집인 심야보일러 실에서 하루 종일 갇혀 지내는 신세가 되었고, 우리 부부는 카사를 이대로 안흥 말무더미 마을에 두고 원주아파트로 우리만 갈 수 없다는 결론에 이르렀다. 그도 처음에는 실내 생활이 답답한 나머지 절름거리며 밖에 나가려고 몸부림을 치다가도 검은 고양이가 또 저를 공격하려고 이따금 제 언저리를 살피는 줄 알았는지 그날부터는 더 이상 보채지 않고 보일러실에서 잘 지냈다.

이삿날 그는 우리 부부와 함께 제 짐밥그릇, 급식기, 화장실 따위을 승용차에 싣고 우리 내외와 원주아파트로 거처를 옮겼다. 카사는 아파트로 이사를 온 뒤에도 목덜미 상처가 낫지 않아 한 달 남짓 동물병원에 통원 치료를 했다. 그 녀석이 약을 잘 먹지 않아 그때마다 우리 부부는 제 놈과 씨름을 했다.

카사의 털을 깎다   한 달 남짓 끌었던 카사 목 상처는 수의사의 극진한 보살핌으로 호전돼 갔다. 그런데 그놈과 한 아파트에서 함께 사는 게 큰 문제였다. 동물병원을 여러 날 다니면서 살펴보니까 병원 미용사들이 애완용 개의 털을 깎아주고 있었다. 우리 카사도 그들처럼 털을 바짝 깎아주면 털 공해가 훨씬 적어지리라는 생각이 들었다. 수의사도, 미용사도, 그렇게 하는 집이 많다고 했다.

카사 목 상처가 아문 뒤 미용사에게 카사의 털을 깎아달라고 부탁하자 두어 시간 뒤에 데리러 오라고 하였다. 고양이는 털 깎는데 매우 민감하여 그대로 깎으면 저도, 미용사도, 상처가 난다고 하면서 마취를 시킨 뒤 털을 깎는다고 했다. 나는 카사가 마취하고 털 깎는 걸 쳐다보는 것도 애처로워 그를 미용사에 맡긴 뒤 집으로 돌아왔다. 세 시간이 지난 뒤 동물병원으로 갔더니 카사가 그새 알몸이 되어 난로 곁에서 부들부들 떨고 있었다. 알몸의 카사가 나를 보자 반가워 내 품에 파고드는데 그놈을 안고서 병원 안 매장에서 옷을 한 벌 사 입혔다. 기왕이면 예쁜 빨간 옷으로.

집에 돌아온 뒤 아파트 거실에 내려놓자 그놈은 제 옷이 매우 거북한 양 계속 물어뜯거나 혀로 계속 핥았다. 그놈이 그런 짓을 되풀이하자 간신히 나은 목의 상처가 다시 덧나기 시작했다. 하는 수 없이 옷을 벗기고 다시 통원치료를 하면서 실내 온도를 높여주자 그제야 제 놈이 원기를 찾았다.

하지만 제 몸을 감싼 부드러운 밍크코트를 벗자 그 썰렁함이 얼마나 심하랴. 그때는 아내가 딸아이가 있는 해외에 출타 중이라 그놈과 나, 오래도록 둘이서 지내자 틈만 보이면 내 품에 달려들어 내복 속 내 알몸에다 제 알몸을 비볐다. 그 순간 그렇게 따뜻할 수가 없었다.

하산 길이 더 위험하다　　　올 정초는 몹시 추웠다. 일백년만의 강설에 따른 추위라고 매스컴에서 온통 야단이었다. 그놈도 알몸으로 며칠 지내다가 계속 실내온도를 더 높일 수 없어 온도를 내리고는 제 놈에게 옷을 다시 입히자 올 겨울 추위에는 별 수 없는 듯, 이즈음 옷을 잘 입고 지낸다.

엊그제 볕이 좋은 날 커튼을 열어젖힌 뒤 창문을
열고는 카사를 데려와 바깥세상을 구경시켰으나 제
놈이 감히 바깥으로 뛰어내릴 생각을 하지 않았다. 제 놈
도 지금 제 위치가 지상에서 매우 높은 줄, 바깥세상은 매우 추
운 줄 아는 모양이었다.

카사, 너와 나 피차 남은 삶이 순탄하기를 기도하자. 산도 하산이 더
위험하다고 하는데 인생도, 묘생도 마찬가지가 아니겠는가.

10. 1.

유리창을 통해 들어온 햇볕을 쬐며
거실에서 졸고 있는 카사

너를 끝까지 지켜지 못해 미안하다

영원한 것은 없다   나는 학생들에게 '회자정리會者定離' '거자필반去者必返'이라는 말을 숱하게 가르쳤다. 이는 만나면 반드시 헤어지게 마련이고, 헤어진 사람은 반드시 돌아오게 마련이라는, 곧 만남과 헤어짐이 덧없다는 말이다. 하지만 그 말을 뼈저리게 느끼게 된 것은 학교 밖 세상살이에서였다. 할아버지 할머니가 내 손을 꼭 잡은 채 영영 돌아올 수 없는, 아버지 어머니가 어느 날 갑자기 다시 만날 수 없는 먼 길을 그렇게 허망하게 떠날 줄을 미처 몰랐다. 단짝 친구가 젊은 나이에 한 줌 흙으로 돌아간 것을 보고, 어린 제자가 저승으로 떠난 것을 본 뒤, 나는 그제야 생명이 있는 것은 반드시 죽는다는 '생자필멸生者必滅'과 '회자정리會者定離'를 뼈 속 깊이 체득하게 되었다. 이는 그 누구도 피할 수 없는 숙명이다.

지난해 어느 날, 아내가 "우리 이제 안흥생활을 접고 원주아파트로 이사 갑시다"라는 말을 꺼냈을 때, 나는 마침내 올 것이 왔다는 충격과 함께 첫 마디로 "카사는?"하고 되물었다. 순간 퍼뜩 그 녀석과도 헤어질 때가 다가왔다는 것을 직감했다. 그동안 바깥에서 자유를 만끽하던 그 녀석을 다시 실내에 가둘 수 없었기 때문이다.

몇 날 고심 끝에 우리 부부는 그래도 제 생활에 익은 안흥에 떨어뜨

려 두고 새로 이사 올 분에게 카사를 부탁하려 했다. 하지만 그 녀석은
우리 부부와 인연의 끈이 더 남았는지 하필이면 이사 보름 전 토종 검
은고양이에게 된통 물려 원주 삼성동물병원에 통원치료하게 되었다.

　이사 직전 상처는 아물었지만 도저히 그 녀석을 그곳에 떨어뜨려 두
고 올 수가 없었다. 검은 고양이란 놈이 날마다 우리 카사를 아주 죽이
고자 공격해 오기 때문이었다. 하는 수 없이 원주 아파트로 데리고 왔
다. 하지만 그동안 바깥에서 맘대로 뛰놀던 녀석이 다시 실내에 갇히는
생활을 하게 되자 몸부림을 쳤다. 하지만 날씨도 추운 데다가 제 놈이
바깥을 내다보니 고층5층이니까 곧 체념을 하는 듯 긴 겨울을 실내에서
그렁저렁 함께 살았다.

아내가 카사의 옷
을 입혀주고 있다.

이별연습　　겨울이 지나고 날씨가 점차 풀리자 카사란 놈은 다시 바깥세상이 그리운지 창가에서 바깥을 하염없이 내다보거나 때때로 저를 다시 자유롭게 해 달라고 마냥 칭얼거렸다. 그때마다 아파트 옆 동 이웃에게 죄지은 듯 미안했지만, 제 놈이 그 사정까지야 어찌 헤아리겠는가. 우리 부부는 봄이 되면 좋은 보호자를 구해 저를 다시 해방시켜 주기로 작정을 하고는 물색을 하는데 그게 그리 쉽지 않았다.

　올 봄은 일기도 불순하고 날씨도 좀체 풀리지 않다가 4월 하순에야 완연한 봄 날씨인지라 평소 마음속으로 점지해 두었던 원주에서 가까운 귀래 주포리마을 박명수 화백에게 카사를 부탁했다. 그러자 박 화백은 당신은 좋은데 부인이 어떨지 모르겠다고 하기에, 서로 상의한 뒤 가부를 알려달라고 했다. 다행히 이튿날 박 화백은 부인을 잘 설득했다고 하므로 카사를 사흘 뒤에 보내기로 약속했다.

　막상 카사를 떠나보낼 날을 받아두자 그때부터 뱃사공에게 공양미 삼백 석으로 몸을 판 심청이 모양 내 마음이 편치 않았다. 마주 그 녀석을 쳐다보기조차도 민망할 뿐 아니라 여간 죄스럽지 않았다. 제 놈도 그런 낌새를 알았는지 그때부터는 집안에서 울거나 보채지도 않은 채 얌전히 지냈다. 이대로 키울 걸 괜히 박 화백에게 부탁했다는 후회도 들다가도, 어떻게 하는 게 카사를 진정으로 더 위하는 것인지 곰곰 생각해 보았다. 결론은 우리가 그에게 자유로운 바깥 생활을 해주지 못하고 계속 아파트에 거둬 기르는 것보다는 여건이 좋은 집으로 보내는 것이 피차 덜 상처받는 '아름다운 작별'이란 생각이 들었다. 사람도 나들이 때마다 출입문 버턴을 눌러야하는 아파트는 그에게 감옥이나 다름이 없다.

　그동안 사실 나보다 아내가 더 카사를 지극정성으로 길렀다. 아내는 이날을 대비하여 미리 동물병원에서 카사에게 예방주사도 맞히고 구충제도 먹였다. 그리고 떠나기 전날은 새 방석 겸 침대를 사서 시집보내는 딸의 혼수처럼 챙겼다. 미리 제 밥과 화장실에 깔 모래도 고양이 밥집에서 넉넉히 주문하여 지참케 했다. 그동안 써오던 카사의 이런저런 짐들을 차곡차곡 정리했다. 그리고는 아내는 우리 집에서 마지막 목욕을 시켰다. 그날 밤 나는 목욕이 끝난 그놈을 내 방으로 데리고 와 서로 눈을 맞추며 이별연습을 했다.

"카사야, 너를 끝까지 지켜주지 못해 정말 미안하고 죄스럽구나."

나는 눈으로 그에게 사죄하며 용서를 빌었다. 이심전심이었는지 제놈도 나도 눈가가 젖었다. 사람이 나이가 들수록 점차 제 뜻대로 살기도, 자기조차도 간수하기 힘들지 않는가. 자기가 감당 못할 일은 미리하나하나 스스로 정리하는 게 정답일 것이다.

이별 전날 새 침대 위에서 카사가 포즈를 취하고 있다.

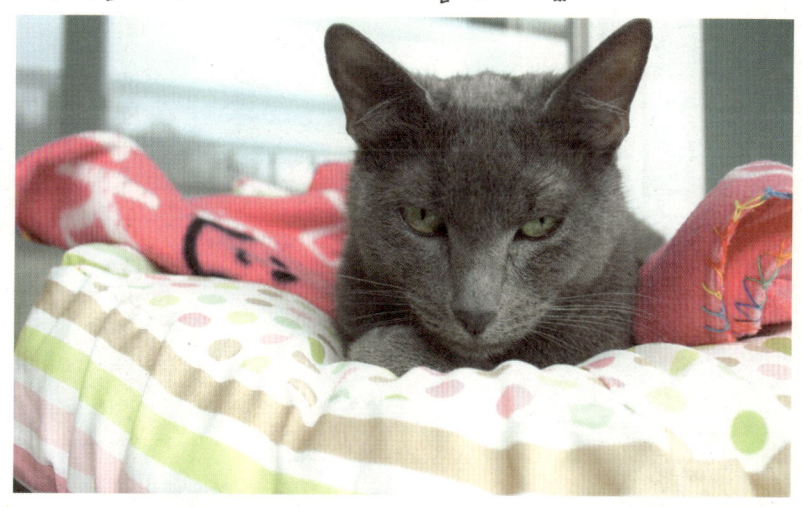

안녕!!!　　　카사는 2004년 5월에 내 집에 와 2010년 5월에 떠나게 되니 꼬박 6년을 우리 가족으로 함께 산 셈이다. 긴 세월로 볼 때는 6년이 짧을지라도 고양이의 삶으로 볼 때는 결코 짧지 않을 것이다. 이 날따라 카사는 새 방석에서 얌전히 포즈를 취해줬다. 나는 그의 모습을 부지런히 카메라에 담았다. 내 컴퓨터에 이미지를 담아 두고 그가 생각 날 때마다 두고두고 열어 보고자함이었다.

　5월 4일, 마침내 카사가 박 화백 집으로 떠나는 날이었다. 카사 짐이 쏠쏠했다. 승용차 뒤 트렁크에 가득 찼다. 아내 차에 카사를 태워 함께 떠나는데 그는 자기가 내 집을 영 떠나는 줄 알았는지 귀래마을로 가는 동안 내내 울었다. 우리 내외는 너를 더 좋은 집으로 데려다준다고 달랬다. 하지만 그는 막무가내로 계속 울었다. 원주에서 귀래로 가는 길

박 화백이 손수 지은 카사의 집

에는 신록이 싱그럽고 복사꽃을 비롯한 여러 꽃들이 산과 들에 야단스
럽게 피는 무릉도원으로 봄이 한창 무르익고 있었다.

　미륵산 기슭 박 화백의 집 하정화숙荷亭畵塾 뜰에도 봄꽃들이 화사했
다. 카사를 그 집 마당에 내려놓자 처음에는 겁을 먹은 양 땅바닥에 슬
슬 기더니 곧 제 집인 줄 알아차렸는지 새로운 호기심으로 온 집안을
쏘다니며 두루 살폈다. 그 녀석은 그곳이 자기가 살 터전임을 육감으로
알고는 마치 이사 온 새 주인 마냥 집안 구석구석을 샅샅이 살폈다.

　박 화백은 그새 카사를 위해 손수 집까지 예쁘게 지어놓고 기다리고
있었다. 박 화백은 반가운 얼굴로 카사를 안고는 첫 상견례를 했다. 카
사란 놈은 새 보호자와 인연을 담담히 받아들인 듯했다. 그리고는 우리
내외를 씩 한번 쳐다봤다.

　"저에게 다시 자유를 주셔서 고맙습니다. 저는 여기 남아 잘 살 테니

카사와 새 보호자의 첫 상견례

제 걱정 마시고 엄마 아빠 안녕히 돌아가세요."

그의 담담한 표정에서 그동안 우리 내외가 지녔던 죄의식을 한꺼번에 씻을 수 있었다. 우리 내외의 염려가 한낱 기우인 양, 다행히 카사는 새 환경에 잘 적응하는 듯했다.

카사는 그동안 원주아파트에 갇혀 살면서 무척 답답했을 것이다. 그는 이제 다시 흙을 밟으며 새들의 노래를 듣고, 쥐들을 혼내주며 뭇 생명체들과 더불어 자유를 마음껏 즐기면서 남은 묘생을 살아가리라. 저를 데려다 줄 때의 염려와는 달리 저를 두고 떠날 올 때 마음은 한결 가벼웠다.

카사야, 너의 새 보호자는 마음씨 고운 화가로 네가 잠들면 아름다운 모습을 캔버스에 담아 줄 것이다. 그분 내외는 우리 이상으로 너를 잘 보호해 줄 것이다. 너는 새로운 좋은 인연을 맺었다. 이 밤 아빠는 너의 남은 묘생을 빈다. 새 집에서 첫날 밤 좋은 꿈꾸어라. 그동안 너를 사랑했다는 말은 차마 못하겠구나. 다시 만날 날까지 안녕!!!

10. 5.

지난 인연에 감사하다

꿈에 나타난 카사   안녕 카사야!

네가 내 집을 떠나 귀래 주포리마을 하정화숙으로 간지도 벌써 40일이 지났구나. 나는 숙면을 하는 습관이라 여간해서는 꿈도 잘 꾸지 않는데 엊그제는 네가 꿈결에 뚜렷이 보이더구나. 이튿날 혹 너에게 무슨 일이 있나 걱정이 되어 박 화백에게 전화를 했더니 너는 아주 잘 지내고 있다는 소식에 매우 반가웠다. 내 마음 같아서는 당장 너에게 달려

카사가 새 보금자리에서 반숙을 닮고는 포즈를 취하고 있다.

가고 싶었다. 하지만 이제 마음을 잡고 새로운 삶의 터전에서 새 보호자
와 정을 붙이려는데 내가 불쑥 나타나 다시 네 마음을 흩뜨려 놓을 것 같
아 꾹 참고 지낸단다. 때때로 나는 네가 몹시도 보고 싶을 때는 컴퓨터에
담겨진 너의 이미지를 화면에 하나하나 띄운 후 지난 추억에 젖는다.

　일찍이 중국 당나라 때 두보杜甫는 늘그막에 "꽃을 보고도 눈물을 흘
리고, 가족과 한스러운 이별로 새의 지저귐에도 마음이 놀란다感時花濺淚
恨別鳥驚心"고 노래하였는데, 요즘 영판 내가 그 짝으로 때때로 한밤중에
네 이미지를 보고는 눈물을 흘린다.
　지난달 중순, 너를 떨어뜨려 두고 떠나온 지 2주 만에 네가 보고 싶

카사와 다시 만나 회포를 풀고 있다.

카사, 그리고 나

어 하정화숙으로 찾아갔을 때였지. 내가 뜰에서 "카사야!" 하고 부르자, 너는 어디선가 지난날처럼 나타나 반가운 목소리로 "응, 응" 하며 반갑게 대꾸하고는 나에게 지난날처럼 애무해 달라고 그대로 마당에 벌러덩 드러누웠지. 내가 지난날처럼 네 등을 긁어주자 너는 "그렁그렁" 거리면서 눈을 감고는 마냥 행복해 했다.

"아빠, 왜 나를 이곳에 떨어뜨려 두고 갔나요?"

나는 그 물음에는 대답을 할 수가 없구나. 어떤 사람은 서로 헤어지면서 "사랑하기 때문에 헤어진다" 라고 말했다지만, 나는 그런 입에 발린 말로 너를 달래지 않겠다. 다만 이 시점에서는 그렇게 하는 게 가장 좋은 방법이었다. 애초에는 너를 안흥에다 떨어뜨려 놓고 오려고 하였는데, 검은 고양이란 놈이 너를 가만 두지 않을 것 같아 하는 수 없이 원주아파트로 데려간 것이다.

너에게는 '빵' 못지않게 '자유' 도 중요했는데 너도 살아보았지만 아파트라는 곳은 네게는 감옥이나 다름이 없는 곳이 아니냐? 그렇다고 아파트에서 너를 안흥에서처럼 놓아기를 수도 없거니와, 또 그렇게 했다가는 네가 나들이 갔다가 다시 집으로 찾아올 수도 없었을 것이다. 더욱이 이웃 주민들이 너의 그런 행동을 허락지도, 보고만 있지도 않았을 것이다.

세상에 영원한 것은 없다   솔직히 너를 보낸 이후 그동안 내 마음은 많이 아팠다. 이런 내 마음을 꿰뚫은 듯 어느 한 분이 글을 한편 보내주었다.

"그전에 충분한 노력과 정성을 다하였다면 그것으로 인연은 다한 것이다."

그래 카사야, 그동안 우리는 서로 주어진 환경에서 최선의 노력과 정성을 다하며 살았다. 세상에 영원한 것은 없단다. 우리가 이제 다시 만난다 해도, 또 언젠가는 헤어질 수밖에 없는 게 이 세상 이치란다. 이제는 우리의 인연이 다한 거라고 서로 그 사실을 인정하면서 지난 추억을 아름답게 기억하며 살자. 그러면서 언젠가 다시 우리의 인연이 이어질 수 있도록 기도하자. 이렇게 담담히 현실에 충실하며 피차 사는 게 가장 현명한 인생이요, 묘생일 것이다.

너와 더불어 산 6년 동안 이런저런 추억들이 떠오르는구나. 숱한 추억들 가운데 지난해 겨울, 엄마가 누나한테 가고 너와 나만 지내던 어느 날 밤 내가 목욕탕 가는 길에 교통사고를 당하고 구급차로 병원에 실려가 응급치료를 받은 뒤 너의 저녁밥을 주고자 입원치 않고 돌아왔을 때다.

나는 그날 의사, 간호사, 보험회사 직원들이 굳이 만류해도 붕대를 감은 채 집으로 돌아왔다. 네가 그런 사정을 알고 있었다는 듯, 내 품을 파고 들 때가 지금 나에게 가장 아름다운 추억으로 새겨져 있다. 그때 털을 깎은 너의 맨살이 내 가슴과 배에 닿았을 때 그 뜨거운 촉감은 아직도 뜨겁게 남아 있다. 아마도 그 열기가 너의 진정으로 두고두고 잊지 못할 것이다.

　카사야, 아빠는 너와 함께 살았던 지난 인연에 감사한다. 너의 남은 삶이 평탄하기를….

10. 6.

내 집을 떠나기 전날 카사의 모습

다시 만날 그날까지 안녕!

세월은 흐르는 물과 같다   카사야, "세월은 흐르는 물과 같다" 고 하더니 네가 내 집을 떠난 지 꼭 일 년이 지났구나. 그동안 너를 두어 번 만났고, 네가 생각날 때마다 내 손 전화에 저장된 너의 보호자 박화백 전화번호를 누르면 "선생님, 걱정 마세요. 카사 잘 지내고 있어요"라고 네 안부를 들려주었다.

그래도 네가 떠난 지 1년이 되는 날은 너를 만나 회포를 푸는 게 좋을 듯하여 박 화백과 날짜를 맞춘 결과 오늘 5월 8일로 정했다. 아빠는 너를 만나는 날 어찌나 설레고 기뻤던지 이른 아침부터 카메라를 점검하고 나들이옷으로 갈아입고는 박 화백을 기다렸다. 나는 지난번처럼 원주에서 시내버스를 타고 귀래로 간 뒤 택시를 타고 네가 사는 주포리마을로 가려고 하였는데 전날 박 화백이 굳이 내 집까지 승용차를 몰고 마중 오겠다고 했다.

오늘은 올해 들어 가장 화창한 날로 꽃보다 더 아름다운 신록으로 온 누리를 뒤덮었구나. 원주에서 귀래로 가는 언저리 치악산의 멧부리들이 마치 초록의 병풍을 펼쳐놓은 듯 일대 장관이었다. 원주에서 충주로 가는 19번 국도가 그새 직선으로 개통되어 새 길을 씽씽 달렸다. 이전에는 원주에서 귀래로 가자면 매지고개를 넘어 꼬불꼬불 돌아갔는데 이제는 거의 직선으로 고속도로처럼 변해 있었다. 운전대를 잡은 박 화백은 국도 옆에 야생동물 보호펜스를 만들어놓지 않아 아무래도 고라니나 멧돼지 등 산짐승들이 자동차와 부딪치겠다고 국도 건설 관계자를 나무랐다. "야생동물이 살 수 없는 세상은 사람도 살기 힘든 세상"이라고 나도 한마디 거들었다.

　나도 버스나 승용차를 타고 시골길을 지나다 보면 국도든, 고속도로든 할 것 없이 야생동물들이 차에 부딪혀 쓰러진 끔찍한 장면을 여러 번 본단다. 사람들은 자기네들만 편코자 온 나라에 거미줄처럼 길을 만들고, 이즈음에는 산골 오솔길까지 거의 시멘트로 포장하여 자동차를, 트랙터를, 경운기를 마구 몰고 다닌다. 그러다 보니까 큰 짐승은 물론, 뱀이나 개구리 같은 파충류나 양서류조차도 마음대로 길을 건널 수 없는 교통사고 무방비지대가 되었단다.

몸살을 앓고 있는 지구　　　박 화백은 네가 교통사고를 당할까 가장 염려했다. 카사야, 지금 네가 사는 귀래 주포리마을은 그전 아빠와 함께 살았던 안흥 말무더미마을보다는 교통사고 위험이 덜 하다만 그래도 늘 차 조심해라. 너는 동작도 날래고 시청각도 예민하여 안심은 된다마는 사고는 오히려 자만하는 자가 더 잘 당하기에, 아빠가 너를 사랑하는 마음으로 들려주니까 잔소리로 생각지 말아라.

　사람들은 더 행복하고자, 더 편하게 살고자, 자꾸만 문명을 개발하는데, 오히려 그 반대로 문명이 발달할수록 사람들은 더 불행해지고, 더 살아가기 힘들다고 여기저기에서 아우성을 치고 있다. 앞으로는 사람만 힘든 게 아니라 덩달아 동물들까지, 아니 식물들까지도 더욱 살아가기 힘들어질 조짐을 보이고 있다.

지난해에는 '구제역' 때문에 전국의 소, 돼지 수백만 마리가 거의 산 채로 생매장을 당했단다. 또 이웃 나라 일본에는 쓰나미로 원전 사고가 나서 사람이 접근할 수 없는 죽음의 고장이 되었단다. 지구촌 곳곳에 사람들이 에너지를 흥청만청 낭비하고 온 산과 들, 바다를 마구 후벼 파거나 들쑤시니까 어찌 지구인들 몸살이 나지 않을 것이며, 그 스트레스로 뒤틀림이 일어나지 않았겠느냐?

나는 이전처럼 귀래농협 슈퍼에서 네가 좋아하는 딸기 바이오거트를 찾아도 보이지 않았다. 카운터의 아가씨에게 물었더니 연휴에 어린이날, 어버이날로 다 나갔다고 하여, 대신 생소한 야쿠르트 한 묶음을 샀다. 네 입맛에 어떨지 모르겠다.

지금 네가 살고 있는 곳이 지상낙원이다　　　이윽고 네가 사는 하정화숙 뜰에서 나는 오랜만에 "카사야, 카사야!"하고 큰소리로 너를 불렀다. 박 화백은 아마 네가 자고 있을 거라고 했다. 내가 네 집 마당에 이르자 너는 잠결에도 내 목소리를 듣고 네 집에서 후딱 뛰쳐나와 반기며 옛날처럼 마당에 벌러덩 드러눕고는 내 손길을 기다렸다. 내가 손으로 네 등과 배를 긁어주자 너는 '그렁그렁' 소리를 내며 행복해했다.

나는 너를 품에 안고는 언젠가 다시 너와 함께 살 그날을 꿈꾸었다. 안흥 말무더미마을 같은 곳에다 자그마한 오두막집을 지어 아침저녁

주포마을 하정화숙에서 살고 있는 카사

아궁이 군불을 때고는 여남은 평 되는 텃밭을 가꾸며 양지바른 곳에서 너랑 이런저런 이야기를 나누는….

그러나 이건 어디까지나 꿈이라는 걸 곧 깨달았다. 사실 늙는다든 것은 곧 낡아간다는 것으로, 이즈음 내 몸의 각 부분에는 노란 불이 켜지고 있다. 나는 이제 점차 내 한 몸도 주체할 수 없는 나이로 접어들고 있는 것이다.

이즈음 나는 내 몸에서 일어나는 이런 변화를 기꺼이 받아들이며 자연의 섭리에 순응하며 지내고 있다. 그리고 나는 오두막집조차도 지을 형편도 되지 않거니와 그새 일 년 남짓한 기간 동안 벌써 아파트 생활의 편리함에 길들여진 습성이 곧 산골생활의 불편함에 거부반응을 일으킬 것이다. 물론 어쩔 수 없는 극한상황이라면 어떤 악조건도 이겨가겠지만.

"카사도 클래식을 좋아해요. 음악이 흘러나오면 걔는 더 편안해하거나 의자에서 잠을 자요."

너의 보호자 박 화백은 너를 위해, 하정화숙에 찾아오는 멧새를 위해, 당신의 영감을 위해, 늘 클래식 음악을 틀어놓고 있었다. 사실 이제 나는 박 화백만큼 너를 잘 거둘 수 없을 것이다.

카사야, 지금 네가 살고 있는 그곳이 너에게는 지상낙원으로 가장 살기 좋은 곳이요, 너는 가장 좋은 보호자의 보살핌 속에 살고 있단다.

너는 내 품에서 벗어나자 지난날처럼 반갑다는, 고맙다는 인사로 기둥을 타고 오르는 재주를 보여주었다. 나는 너의 재롱떠는 모습을 지켜보고, 박 화백으로부터 그동안 네가 살았던 이런저런 얘기를 들으면서 잠시 행복한 시간을 보냈다.

행복이라는 시간은 길지 않다. 나는 그 행복을 오래 기억하고자 떠나올 채비를 했다. 네가 잠을 잘 수 있게 네 집에 넣어주고 "카사야, 안녕!"작별 인사를 하고 떠나왔다. 집에 온 뒤 사진 파일을 열어보니까 너는 네 집에서 석별의 아픔을 참고 있는 모습이었다. 그 모습을 바라보는 내 눈에는 이슬이 맺혔다.

"다시 만날 그날까지 안녕!"

11. 5.

카사, 그리고 나

두 번째 마당,

흙집 골방을 꾸미다

신록여행

삶의 구원　　나에게 글쓰기는 구원이요, 구도求道다. 지난해 섣달에 시작한 작품이 오늘에야 탈고됐다. 하나의 작품이 끝났을 때 그 허전함과 뿌듯함은 산모가 해산한 마음과 같을 것이다.

오월의 맑고 따사한 햇살이 이런 나를 유혹했다. 신록여행을 떠났다. 늘 지나치던 매화산1,084미터에 오르고자, 안흥 장터에서 버스를 타고 전재고개에서 내렸다. 매화산 정상으로 가는 도중 목장이 있기에 발걸음을 멈췄다. 그곳을 버스로 지날 때 매화산 산비탈 목초지에 방목한 소들을 자주 보았는데, 오늘은 그 소들이 축사 안에서 인공사료를 먹고 있었다. 목장 주인은 풀이 덜 자라 아직 방목할 때가 아니라고 했다.

횡성 한우가 전국에서 가장 맛이 좋은 까닭은 이 지방 소들이 방목으로 천연사료를 자주 먹기 때문이라고 했다. 거기다가 쾌적한 환경으로 소가 스트레스를 받지 않고 자라기에 쇠고기가 연하고 육질이 좋다고 한다. 사람도 그렇지만 짐승도 각종공해에 스트레스를 몹시 받나 보다.

몇 해 전, 미국 버지니아 주의 한 양계장에 가보았더니 닭들이 한밤중에도 불을 켜고 먹이를 먹고 있었다. 양계장은 밀폐된 공간으로 실내 공기가 숨이 막힐 정도로 고약했다. 거기서 자라는 닭은 다량의 항생제를 먹는다고 한다. 대부분 소비자들은 그런 닭고기를 먹고 산다.

소들이 낯선 나그네인데도 조금도 경계치 않고 우르르 몰려들었다. 그들의 눈망울이 천진난만하게 보였다. 축사에서 어미 소가 혀로 송아지의 온몸을 핥아주고 있었다. 위대한 모성애의 극치였다. 매화산 정상을 오르려는데, 관리인이 아직 입산금지라고 하기에 다시 전재 고개로 내려왔다. 거기서 도로를 따라 걸어 새말 쪽으로 하산했다.

교만해진 현대인　　요즘은 고개를 걸어 넘는 이가 거의 없다. 승용차나 버스, 트럭이 없으면 경운기라도 타고 고개를 넘는다. 그런 탓

인지 시골 산길에는 인도가 좁아 보행자에게는 몹시 위험했다. 차들이 계속 꼬리를 물고 휙휙 지나다녔다.

사람들이 차에게 길을 다 빼앗긴 꼴이다. 앞집 노씨가 이곳을 지날 때마다 옛날에는 이 전재가 높고 험하여 소장수를 노리는 산 도적이 많았다고 얘기했다. 하지만 지금은 소를 몰고 넘는 소장수는커녕, 지난날 날마다 산을 오르내렸던 나무꾼조차 눈을 씻어도 찾아볼 수가 없다. 그러니 산마루 고개에 산 도적이 있다는 말은 이제는 전설이 되었다.

내 어린 시절 높은 재를 넘을 때면 길바닥의 돌멩이나 솔가지를 주워 고갯마루 돌무더기에 던지면서 산신에게 빌곤 했다. 옛날 사람들은 걸핏하면 신에게 빌었다. 먼 길을 떠나도, 씨앗을 뿌려도, 아이가 백일이 되어도, 정화수를 장독대 위에 올려놓고 신에게 빌고 빌었다. 하지만 이즈음 사람들은 좀처럼 자연물에게 비는 일이 없다. 현대인들은 점차로 오만하거나 교만해지고 있다. 산길보다 더 험한 인생길도 아무 겁 없이 살고 있다. 그러다가 조그마한 역경에도 참지 못하고 하늘이 준 목숨마저 스스로 버린다. 심지어는 고관을 지낸 이조차 그런다. 하늘의 뜻을 왜곡하는 못난 사람이다.

산마루에서 바라보는 신록이 눈부셨다. 이즈음 신록은 까무러칠 정도로 아름다웠다. 누가 나에게 '당신은 왜 산에서 사느냐?' 고 묻는다면, 철마다 변화무쌍한 자연의 풍경 때문이라고 답하겠다. 나는 산마을에 살면서 때때로 소름이 끼치도록 대자연의 아름다움에 흠뻑 취한다. 먼 산의 신록을 카메라에 담으며 하산하는데 버스가 지나간다. 버스 정류장이 아닌데도 손을 들자 곧 세워주었다. 버스에 오르자 기사까지 모

전재에서 바라본 안흥의 산들

두 네 사람이 타고 있었다. 새말에 내려 막국수를 맛있게 먹고는 다시 버스를 타고 전재 고개를 넘어 집으로 돌아왔다.

푸른 오월 좋은 하루였다.

06. 5.

배추농사 이야기

배추밭 넘겼어요   "박 선생, 계시오? 좀 쉬었다 해요."

앞집 노씨가 마당에서 불렀다.

"예, 나갑니다."

나는 하던 일을 밀치고 마당으로 나가 노씨와 평상에 마주 앉았다.
노씨 얼굴이 발그레 했다. 소주 한 잔 걸쳤나 보다.

"나, 배추밭 넘겼어요."

"그래요, 잘 되셨군요. 마침 임자가 나선 모양이지요."

"잘 되긴 뭘 잘 돼. 겨우 삼백에 넘겼어요."

"그러면 품삯은커녕 영농비도 안 되잖아요."

"장마는 다가오지, 배추는 뙤약볕에 녹아날 판에 살 사람은 없으니
어째요. 그래서 밑지면서도 중간업자에게 밭떼기로 넘겨버렸어요."

노씨네 배추밭은 1,800 평의 큰 밭으로 올 봄배추 영농비_{모종 값, 비료}
_{값, 농약 값, 품값} 등로 꼭 350만원이 들어갔다는 얘기를 여러 차례 들었다.
그런데 300만원밖에 받지 못하였으니 당신 내외 넉 달간 품값은커녕
50만원이 밑진 셈이다. 그래서 홧김에 소주 한 잔하고 열을 식히고자
나를 찾아온 모양이었다.

"그래도 씨앗 값이라도 건졌으니 다행입니다. 건너 편 홍씨는 배추에

노씨네 배추밭

장다리가 솟아나는데도 밭에다 썩히더군요."

　"나도 그래 생각해요. 업자에게 7월 초순까지는 다 뽑아가라고 했어요. 곧 가을농사에는 무를 심을 참이요."

노동을 천시하는 풍토　　　노씨는 작년 올해 이태 거듭 배추농사에 속았지만 그렇다고 농사꾼이 어찌 농사를 짓지 않겠느냐고 한참 푸념을 늘어놓고는 돌아갔다.

두어 시간 후 내가 텃밭에서 풀을 뽑고 있는데 노씨가 배추 한 포기를 들고 왔다. 쌈이나 국거리로 먹으라고 했다.

　"박 선생은 아예 농사짓지 말고 우리 집 채소를 갖다먹고, 그 시간에 농촌 실정을 살펴 글로 쓰는 게 우리 농사꾼을 더 도와주는 일"이라고 했다. 그러면서 아무쪼록 업신여김을 당하는 농사꾼의 가슴 아픈 사연을 소상히 쓰고, 산불이 나도 골프채를 드는 고위공직자나 직업정치꾼들이 제발 관직이나 정치판에 다시는 발도 못 붙이도록 매섭게 글로 써 달라고 부탁했다. 그 말에 이어 건너 편 사촌 아우네 배추밭에 갔더니, 배추를 뽑아 나르는 일꾼들이 말을 붙여도 벙어리라 이상하게 생각했단다. 트럭기사에게 물어봤더니 그들이 중국인 노동자라고 귀띔을 하더란다.

　나도 그 말을 듣고 사실 확인 겸 배추밭에 갔다. 대여섯 명의 나이 많은 노동자가 배추를 뽑아 그걸 지게에 져다가 트럭에 싣고 있었는데 모두 낯선 얼굴이요, 자기네끼리 나누는 대화를 들으니 중국말이었다. 며칠 전, 중국 현지에서 비자발급이 수월한 60세 이상 나이든 중국인을 모집하여 한국에 데려온 뒤, 그들 임금을 중간에서 가로채는 악덕 알선업자를 구속했다는 보도를 본 일이 있었다. 그들이 바로 그렇게 온 노동자들로 보였다.

　몇 해 전, 서울 근교 군소공장지대를 가자 대부분 근로자들이 외국인이었다. 심지어 산골 음식점 종업원마저도 네팔에서 온 청년이었다. 이제 우리 농업마저도 다국적 영농으로 바뀌는 징조로 보였다. 아니 이미 농촌에는 동남아 젊은 여성들이 안방을 차지하고 있다.

　"밭떼기 중간업자들이 오죽하면 중국인 노동자를 데리고 다니겠어요."

노씨는 배추밭의 중국인 노동자를 보고 놀란 나에게 이제는 단일 민족이니 한 핏줄을 말할 시대는 우리 세대로 끝난 것 같다고 말했다. 우리나라가 외국인 노동자를 불러다가 써야하는 노동선진국이 된 것인지, 우리 사회 곳곳에 노동을 천시하고 편안케 살고자 하는 풍조가 만연된 것인지, 도시 종잡을 수가 없는 오늘이다.

아마도 '차떼기', '사과상자' 이런 말을 만들어낸 썩은 정치인들이 활개치고 다니자 나라 전체가 땀 흘려 일하는 노동을 천시하는 풍토가 된 것만 같다. 이런 풍토는 망국의 지름길이다. 조선왕조가 무너진 근본 이유도 여기에 있다. 하늘이 준 가장 신성한 농사일마저 외국인 노동자가 잠식하는 현실을 보고 시절을 한탄하는 나는 분명 시대에 뒤떨어진 바보다.

06. 7.

더위

뙤약볕 오랜 장마가 그친 뒤 며칠째 뜨거운 뙤약볕이 내리쬐고 있다. 매스컴마다 호들갑이 야단이다. '폭염' '폭서' '찜통더위' '가마솥' '한증막' '불볕더위' '열대야' …. 어느 한 낱말도 짜증나지 않는 게 없다. 오늘은 아침부터 가마솥에 돼지 잡는 물이라도 끓이는 듯 날씨가 푹푹 쪘다. 강원 산골마을도 이러한데 도시야 오죽하겠는가.

어제 볼 일이 있어 원주에 갔다. 원주 시내에 이르러 버스에서 내리자 아스팔트 열기로 금세 등허리가 땀에 젖었고, 이마에 송골송골 솟는 땀으로 눈앞이 가물거렸다.

우리 내외는 그동안 에어컨은커녕 선풍기 한 대 없이 살았다. 삼십 년 남짓 살았던 서울 구기동 내 집이 시원한 탓도 있었지만, 더위에 내성이 강해 에어컨이나 선풍기 유혹을 이기고 산 셈이다. 아무리 더운 날이라도 바깥에 나갔다가 집에 돌아와서는 찬물로 온몸을 끼얹은 뒤 창문을 열어두면 바람이 솔솔 불어 견딜만했다. 정히 견디기 힘들면 '손풍기부채'로 더위를 쫓았다.

여름은 더워야 한다. 여름이 덥지 않으면 썰렁한 가을을 맞는다. 1980년 그해 여름은 덥지 않았다. 한반도 전역에는 한여름 복중에도 30도가 넘는 날이 며칠 안 될 정도로 여름 내내 썰렁했다. 호사가들은 그해 5월 광주에서 죽은 원혼 때문이라고 했고, 어떤 이들은 신군부가 정권을 잡고는 '사회정화' 라는 이름으로 선무당처럼 칼을 마구잡이로 휘두른 탓이라고도 했다. 그해 가을은 정말 썰렁했다. 들에는 빈 쭉정이의 곡식뿐이요, 바다조차도 냉수대로 어민들이 고기가 잡히지 않아 농어촌에는 곳간도 덕장도 모두 비었다. 덥지 않는 여름이 가져다 준 결과였다.

낟알이 영그는 계절

농사꾼들 말에 따르면, 요즘과 같은 더위가 앞으로 보름 이상은 더 계속되어야 곡식들이 잘 자라 낟알이 잘 영근다고 한다. 이즈음 논에는 한창 벼이삭이 솟아오르고 있다. 농사꾼들은 하루 햇볕에 곡식 수만 석이 불어난다고 제발 한 보름 궂은 날 없이 이런 햇볕이 내리 쬐라고 빌고 있었다. 이렇게 더운 여름이라야 농사꾼은 물론, 빙과업자도 피서지 장사꾼이나 민박하는 이들도 일 년을 살 수 있을 게다. 여름은 덥고, 겨울은 추워야 하며, 봄은 따뜻하고, 가을은 선선해야 한다. 그게 바른 자연의 순리이며, 자연이 사람들에게 베푸는 은혜이다.

우리나라는 네 계절이 뚜렷한, 기후 조건이 매우 좋은 나라다. 북유럽에는 여름이 짧고 겨울이 길어 뜨거운 태양을 쬐일 수 없기에 그네들은 여름이면 남쪽 나라로 햇볕을 찾아간다. 여름철 남유럽을 여행하면 웃통을 벌거벗은 북유럽의 젊은이들이 바닷가나 풀밭에서 뜨거운 태양의 세례를 즐기는 광경을 자주 볼 수 있었다. 그네들은 부부끼리, 연인끼리, 누가 보건 말건 뜨거운 태양 아래서 사랑의 행위도 서슴지 않았다.

몇 해 전, 네덜란드 암스테르담 유람선에서 내 옆자리에 앉은 연인들

뙤약볕 속에 벼들은 낟알이 영근다.

은 뜨거운 태양 아래 서로가 사랑을 확인하기에 바빴다. 내가 그 모습을 카메라에 담겠다고 양해구하자 조금도 개의치 않았다. 그네들은 '오! 나의 태양'이었다. 아마도 그런 뜨거운 열기로 인류의 역사가 이어져 갈 것이다.

앞으로 사흘 뒤면 입추고, 그 다음날이 말복이다. 그리고 보름이 지나면 처서다. 이제 더위도 며칠 남지 않았다. 태양의 축제인 여름을 즐기자. 뜨거운 태양의 세례에 감사하자. 저 뜨거운 태양이 없으면 곡식이 영글지 않아 우리는 썰렁한 가을을 맞을 수밖에 없다. 날씨가 덥다고 하늘을 쳐다보며 원망치 말고, 남은 여름 더위를 마음껏 즐기자. 뜨거운 태양은 하늘이 내린 크나큰 축복이다.

06. 8.

카사, 그리고 나

뙤약볕 아래에서 꽃을 피운

수세미

해바라기

무궁화

도라지

고구마를 캐다

수확의 기쁨　　　강원 산골은 봄가을이 다른 지방보다 짧다. 그런데 올 가을은 예년과 달랐다. 가을 내내 기온이 높았고 날씨도 매우 맑았다. 하지만 계절의 순환이야 어찌 막을 수 있으랴.

간밤 뉴스에 "내일은 강원산간지방에는 서리가 내리겠다"는 일기예보를 보고, 오늘 오전에 텃밭에 남은 고구마를 마저 캤다. 이 고구마는 지난 4월 하순에 횡성 장에서 순을 사다가 심은 것으로, 올해도 뿌리를 내릴 때까지 비실비실 메말라 얼치기 농사꾼의 마음고생이 많았다. 하지만 뿌리가 내린 이후로는 거름 한 번 주지 않았는데도 무성하게 잘 자랐다.

고구마를 세 골 심고는 산촌에 귀한 손님이 올 때마다 이놈을 야금야금 캐다가 대접했고, 추석에는 차례 상에까지 부침개로 올렸다. 아마도 조상께서 매우 흡족히 흠향歆饗, 조상의 신이 제물을 받아서 먹음하셨을 게다. 이래저래 캐다보니 이제는 한 골밖에 남지 않았다.

나는 텃밭으로 가서 먼저 고구마 잎과 줄기를 모두 낫으로 뺐다. 그런 뒤, 호미로 골을 헤치려 하자 그동안 가뭄으로 땅이 굳어 여간 힘들지 않아 하는 수 없이 괭이로 캤다. 땅속에서 나온 고구마 씨알이 무척 굵었다. 지난 9월에 캘 때보다 그새 부쩍 더 자랐다. 큰 놈은 두 주먹을 모은 만큼 굵었다. 굳은 땅을 헤집고 자란 고구마가 더 없이 사랑스러웠다.

　　수확의 기쁨이 쏠쏠했다. 농사꾼들은 이 기쁨 때문에 아마도 고된 일도 마다하지 않나 보다. 나의 외삼촌은 독실한 농사꾼이었다. 그분은 아침저녁이면 들에 나가 둑에서 농작물들이 자라는 모습을 하염없이 바라보았다. 아무도 없는 둑에서 혼자 그 기쁨에 탐닉하셨던 모습을 여러 번 본 적이 있었는데 이제야 그 까닭을 알 것만 같다.

　　나 홀로 수확의 기쁨을 마냥 누리면서 고구마를 캐는데 문득 성경 한 구절이 떠올랐다. "사람이 무엇을 심든지 그대로 거두리라" 이는 '심은 대로 거둔다' 는 평범한 진리의 말씀이다. 그런데 우리 인간사에는 이 말씀과 역행되는 일이 더러 있다. 씨앗을 뿌리거나, 어린 순을 땅에 심

지도 않고, 남이 애써 심은 작물의 열매를 거저 거둬들이는 얌체족들이
있다.

진리란, 정의란　　　　　지난날에는 충남 금산, 경북 풍기지방이 인삼
재배지로 유명하였지만, 최근에는 그 재배지가 북상하여 내가 사는 횡
성 일대가 새로운 인삼재배지가 되었다. 지금 내 집 앞도 인삼밭이다.
농사꾼이 인삼을 심으면 4~6년간 땀 흘려 가꾸는데 수확기가 되면 이
를 몰래 훔쳐가는 절도범들이 기승을 부리는 모양이다. 차를 타고 지나

다 보면 "인삼농민 6년간 땀의 결실을 훔쳐가지 마십시오! 인삼절도 형사처벌"이라는 펼침막을 자주 볼 수 있었다.

남의 물건을 훔친 도둑이야 다 나쁘지만, 그 가운데도 가장 치사하고 저질은 농산물을 훔쳐가는 절도범이다. 농사꾼이 그 작물을 짓고자 잠을 설치면서 물을 주고 거름을 주고 뙤약볕 아래서 김을 맸다. 그런데 절도범은 빈둥빈둥 놀다가 농사꾼이 애써 지은 작물을 밤새 몰래 거둬가는 것으로 아주 악질이다.

한 세기 전 일본에게 나라를 송두리째 빼앗길 때, 독립지사들은 뒷날을 기약하면서 남의 언 땅을 빌려 광복의 씨앗을 뿌리고, 어린 순을 심었다. 그 어른들은 그 일을 하고자 조상대대로 물려받은 문전옥답도 버린 채 단봇짐을 싸 낯설고 물선 언 땅으로 건너가 갖은 핍박과 설움을 무릅쓰고 '조국 광복'이라는 작물을 가꾸었다. 그런데 그분들은 당신이 뿌린 씨앗의 열매는 거둬들이지도 못한 채 이국땅에서 일제가 휘두른 총칼에, 추위와 굶주림에 숨을 거뒀다. 광복이 되자 그 열매는 당신도, 당신의 후손도 거두지 못한 채, 엉뚱한 이들이 가로채 갔다. 그들 가운데는 빈둥빈둥 놀던 자는 물론 씨앗을 뿌리는 것을, 어린 순을 심는 것을 애써 방해하던 악질도 있었다. 그들은 일제의 앞잡이로, 씨앗을 뿌리는 독립지사에게 행패를 부리고 생명까지 앗아갔다. 그들이 일제 밀정이요, 일제 군경 및 간부관리들이었다.

언 땅에다가 목숨을 바쳐가며 조국의 광복 씨앗을 뿌리거나, 어린 순을 심은 독립지사로서는 통탄할 일이 아닌가. 더욱이 당신들은 이제 죽창도, 총칼도 들 수 없는 저세상 사람이고 보면, 그저 지하에서 땅을 치고 통곡하실 게다.

진리란, 정의란 거창한 게 아니다. 씨앗을 뿌리거나 모종을 땅에 심은 자가 열매를 거두는 게 진리요 정의다. 텃밭의 고구마를 캐면서 아주 평범한 진리를 새삼 깨우쳤다. 이 땅에 진리와 정의가 살아있게 하려면 그 답은 아주 간단명료하다.

"씨앗을 뿌린 자가 열매를 거두게 하면 된다."

06. 10.

시골사람 도시사람

이장님의 말씀　　　마을회관 스피커를 타고 이장님의 말씀이 새벽
어둠과 공기를 가르며 들려왔다.

"오늘 안흥면 보건소에서 유행성 독감 예방접종이 있사오니 주민 여
러분께서는 주민등록증을 지참하시고…."

나는 이참에 예방주사도 맞고 새 주민등록증도 찾아야겠다고 아침을
먹은 뒤 면사무소로 갔다.

한 달 전, 민원서류를 발급받고자 면사무소에 갔더니 담당 면서기가
내 주민등록증을 보고는 친절하게 의사를 물었다.

"사진이 안 좋아요. 주민등록증을 새로 만들어드릴게요."

"원판대로 나왔는데 뭘 그러세요."

"아니에요. 집에 찍어둔 사진 있으면 면사무소에 나오실 때 갖다 주
세요."

"고맙습니다."

이튿날 우체국 가는 길에 면사무소에 들러 그에게 사진을 전했다. 사
실 나도 주민등록증 사진에 불만이 많았다. 10여 년 전, 새 주민등록으
로 일제히 바꿀 때 서울 평창동사무소에서 즉석 촬영으로 만들었다. 그
뒤 새 주민등록증을 받고 보니 사진이 매우 볼썽사나웠다. 마치 벽보에
붙은 수배인 사진 같아 동사무소 직원에게 재발급을 하소연했으나 한

마디로 거절당했다.

그때 나는 사진은 원판 불변이라는데, 제 얼굴도 모르고 사진 탓만
한 것 같아서 부끄러운 마음에 얼른 지갑에 넣었다. 사실 주민등록증을
목에 걸고 다니는 것도 아니고, 일 년에 몇 차례 어쩌다가 쓰는 것에 마
음 둘 일이 아니라고 까마득히 잊고 지냈다.

새 주민등록증　　　먼저 면사무소에 갔더니 담당 직원이 그새 새
주민등록증이 나왔다고 하면서 서명을 받고는 건네주었다. 주민등록증
을 받아 확인하는데 모두가 사실대로 틀림없었고, 다만 발행인이 '서울
특별시장'에서 '강원도 횡성군수'로 바뀌었다. 나는 이미 강원도민이
요, 횡성군민이며, 안흥면민이기에 당연히 맞았다.

이태 전 서울 집을 매우 힘들게 팔고 안흥으로 주민등록을 옮길 때,
담당 직원이 그 자리에서 주민등록 뒷면 주소변경 란에다가 바뀐 주소
와 옮긴 날짜만 기록해 준 걸 여태 간직하면서 지냈다. 그 주민등록증
은 앞만 보면 내가 서울시민이요, 발행인은 서울특별시장이었다.

새 주민등록증을 손에 쥐자 문득 지난 시절 '도민증' '시민증'이란
말이 떠올랐다. 지금의 주민등록증이 생겨나기 이전인 1950~60년대
는 시골사람은 도민증을, 도시사람은 시민증을 가지고 다녔다. 그래서
도민증이란 '시골사람'을 뜻하는 말이었다. 시민증을 가진 사람들이 도
민증을 가진 사람에 대한 태도는 가히 꼴불견으로, 시골사람을 '바지저
고리'니 '핫바지'니 하면서 무시하거나 봉으로 아는 일이 숱하게 많았

다. 특히 정치인은 선거철이면 시골사람들에게 막걸리나 고무신으로 매표를 일삼았다. 그 무렵부터 시골사람이 도시로 몰려간 것은 '자랑스러운 시민'이 되기 위한 몸부림이었다.

막상 시골에 내려와 살아보니까 시골사람도 도시사람 못지않게 잘 사는 이도 많았다. 도시 극빈자와 같이 끼니를 걱정하는 이는 시골에는 거의 없는 듯했다. 그런데도 아직도 시골사람 가운데는 도시로 떠나는 사람이 많다. 왜 공기도 나쁘고 인심도 고약한 도시로 몰려가는지 시골에 사는 몇 분에게 그 원인을 물어봤다.

농촌여성 　"도시사람이 촌사람을 업신여기기에 속이 몹시 상해요."

"점점 더 농사꾼들이 사회적으로 대우를 받지 못하고 있습니다. 예를 들면, 다른 노동자들은 일하다가 다치면 산재 혜택도 받지만 농사꾼에게는 그런 것이 없습니다. 예전에는 그래도 '사농공상土農工商'이라 하여 어느 정도 대우는 받았는데, 지금은 아주 바닥입니다. 우선 농촌에서조차 학생들이 농고나 농대에 진학치 않습니다. 학교도 '농農'자만 들어가면 학생들이 오지 않아 요즘은 '생명공학과'니 '생명과학과'니 간판조차 바꾸지만 용케 알고서 가장 인기 없는 학과로 여전히 천대받고 있습니다."

"그래도 남자 농사꾼들은 여자보다는 조금 낫습니다. 여성 농사꾼들의 사회적 대우는 그야말로 바닥으로, 제가 사는 이웃 마을 젊은 부부 다섯 집 가운데 세 가정이 결딴났어요. 농촌 남자는 신붓감이 없어서 국제결혼도 하는데 성공한 경우가 드물고, 또 결혼 뒤 자녀가 태어나면 곧 교육문제로 더 큰 어려움을 겪고 있습니다."

바로 시골사람에 대한 차별대우와 푸대접, 곧 시골사람을 업신여기고 무시하는 풍토 때문에 그동안 너도나도 시골을 떠났다. 사실 사람 차별대우만큼 속상한 일이 없다. 마히트마 간디가 반영反英 운동가로 인도 건국의 아버지가 된 것도 남아프리카 여행에서 인종차별을 보고서 그 사상이 싹텄다.

차별 없는 세상　　　우리 사회에서는 아직도 차별이 매우 심하다. 좀 더 많이 가졌다고, 좀 더 많이 배웠다고, 자기보다 가난한 이를, 자기보다 못 배운 이를 업신여기고 무시한다. 심지어는 같은 서울이라도 강남, 강북을 가르고 강남이라도 동네로 가른다고 한다. 이런 풍토를 고치지 않는 한 시골은 더욱 썰렁해지고, 그 반면에 서울의 아파트 값

양배추 모종을 내고 있는 농촌여성들

도, 강남의 집값도 더욱 춤을 출 것이다.

내가 그동안 살아오면서 체험한 바로는 대체로 부도덕하고 가볍고 지식이 얕은 졸부나 학자, 관리일수록 다른 이를 무시하거나 천대하는 경향이 더 짙었다. 하기는 권력의 심장부에 있는 사람조차도 그런 무리에서 자유롭지 못하다고 하니, 누가 채찍을 들고서 이 나라를 바로 이끌고 가겠는가.

일찍이 공자는 다음과 같이 말했다.

"국가를 다스리는 사람은 백성이 적음은 걱정하지 않고 고르지 않음을 걱정하며, 가난함은 걱정하지 않고 편안치 않음을 걱정한다. 고르게 되면 가난이 없어지고, 화락하면 백성이 적지 않게 되고, 편안하면 나라가 기울어지는 일이 없을 것이다 有國有家者 不患寡而不均 不患貧而患不安 蓋均無貧 和無寡 安無傾."

새 주민등록증을 보이고 보건소에서 예방 접종을 한 뒤 썰렁한 시골 길을 투덜투덜 걸어 돌아오면서 가난한 이도, 못 배운 이도, 사람대접을 받는 그날을 그려본다.

06. 11.

흙집 글방을 꾸미다

장엄한 설경　　　아침에 일어나 창문 커튼을 열어젖히자 장엄한 설
경이 펼쳐졌다. 간밤 내가 잠든 동안 함박눈이 내렸다. 내가 이 산마을
을 사랑하고, 아무 연고도 없는 이곳을 떠나지 못한 까닭도 네 계절마
다 변화무쌍하게 펼쳐지는 대자연의 오묘하고도 현란한 경치 때문일
것이다. 이 산마을에서 세 번째 겨울을 맞고 있다. 그동안 살아보니까
강원도 겨울은 몹시 춥고 길어 겨울나기가 여간 고생스럽지 않았다. 서
울보다 평균 기온이 4~5도는 더 낮았다.

여기로 내려온 첫해는 무척 힘들게 보냈다. 온 집을 비닐로 덮다시피 둘러싸도 추위를 막아낼 수가 없었다. 이런 가운데 겨울가뭄이 계속되더니 갑자기 눈이 내리고 매서운 추위가 닥쳤다. 그러자 수도가 그만 꽁꽁 얼어붙어 하는 수 없이 샘물에서 직접 물을 길어 먹었다. 물통을 들고 산에서 내려오다 눈길에 미끄러져 다리에 골절상을 입어 난생처음 목다리를 집고 서너 달 지냈다. 강추위로 수도관에 손을 써볼 수도 없어 언 땅이 녹을 때까지 다시 서울에 가 아이들과 함께 지냈다.

옆집 노씨 말에 따르면, 내가 쓰고 있는 아래채 글방은 원래 외양간인데 오래 전 그 곁에다 온돌방을 들여놓았다고 한다. 전 주인이 외양간을 거실로 꾸며 화실로 쓰던 걸 우리가 이사 오고난 뒤 전기패널을 깔아 글방 으로 쓰고 온돌방은 거실로 썼다.

온돌방은 구들을 놓은 지 오래인데다가 그새 쥐들이 드나들어 연기가 굴뚝보다 옆벽으로 더 많이 나왔다. 거기다가 벽이나 천장 단열이 전혀 되지 않아서 군불을 지피면 방바닥은 따끈하지만 눈은 따갑고 코끝에는 냉기가 돌았다. 더욱이 매일 산에서 나무하는 일도, 군불 때는 일도 만만치 않았다. 하는 수 없이 전기패널을 놓은 글방을 거실로 썼더니 전기료가 엄청 나왔다. 뱅뱅 돌아가는 전기계량기를 그대로 볼 수 없어 지난해에는 겨울로 접어들면서 아래채 글방을 닫고 본채로 옮겨갔다.

시집온 지 삼십 년 넘게 스무 평도 안 되는 좁은 집에서 살았던 아내가 넓은 공간에서 살고자 이 산마을로 내려왔다 그런데 다시 남편이 아래채 글방에서 책이네 컴퓨터네 책상을 안채 거실로 옮겨와 퍼질러 놓으니 피차 불편해질 수밖에 없었다. 한겨울 본채 거실에서 아내와 24시

흙집 글방을 짓고 있다

간 함께 지내면서 남편들이 퇴직 뒤 황혼이혼이 많은 까닭을 터득했다.

흙집 글방을 짓다

지난 여름, 이곳 강원 평창 횡성지방은 마을 토박이 얘기로 자기 태어난 이래 가장 많은 비가 내렸다고 했다. 내 집 안방까지 물이 스며들 정도로 정말 징그럽게 비가 내렸다. 마침내 아래채 낡은 벽이 오랜 장마에 견디지 못하고 그만 허물어져 버렸다. 가을로 접어든 이즈음 벽을 새로 쌓으면서 화목아궁이를 연탄보일러로 고치기로 했다.

옆집 노씨에게 이 일을 맡겼다. 노씨가 벽을 허물자 그만 지붕까지 와르르 무너졌다. 기둥과 서까래가 모두 썩었기 때문에 그대로 주저앉았다. 애초에는 간단할 줄 알았는데 일이 크게 벌어졌다. 노씨는 뒷산에서 통나무를 베어다 들보를 올리고 나뭇가지를 베어 벽에다가 발을 엮고 거기다가 뒷산 진흙을 개어 엮은 발에 발랐다. 옛날식으로 흙집을 지은 셈이었다. "가을에는 부지깽이도 덤벙인다"는 바쁜 계절이라 노씨가 농사일 틈틈이 짓다가 보니 가을이 끝날 무렵에야 겨우 공사가 마무리되었다. 완성된 집은 그런대로 초간모옥으로 내 분수에 족했다. 노씨가 현판이라도 달라고 권하기에 고심하다가 '박도글방'으로 결정하고는 한지에 내 손으로 써서 원주에서 목각 공예를 하는 이에게 부탁하여 새겨 걸었다.

때마침 마을회관 스피커에서 농협에 연탄주문을 하라고 알리기에 일천 장을 주문했다. 이튿날 연탄장사가 트럭에 싣고 와 광에 가득 쌓아주고 갔다. 한 장에 270원으로 모두 27만원이었다. 이만하면 올겨울은 잘 넘길 듯하다.

　집 짓는 일이 끝나자마자 곧장 글방 겸 거실로 쓰고 있는데 방안이 매우 따뜻했다. 강추위를 대비하여 세 구멍짜리 연탄아궁이이건만, 두 구멍만 피워도 방바닥이 절절 끓었다. 하루 사용량이 여섯 장으로 월 5만원이면 올겨울은 따뜻하게 지낼 수 있었다. 하지만 나는 아침저녁으로 새 일과가 하나 늘었다. 연탄불 가는 일이다. 서울에 살면서도 지겹도록 해본 일이라 나는 연탄불 가는 일에는 아주 이력이 났다.

　오늘 아침 눈이 내린 탓인지 한동안 보이지 않던 멧새들이 마을로 내려와서 연탄재를 버리는 나에게 뭐라고 조잘거렸다. 더 없이 행복한 아침이다.

06. 12.

새로 지은 내 글방

진달래 화전

봄이 늦은 강원 산골　　강원 산골은 다른 지방보다 봄이 늦다. 우리 집 뒷산 진달래는 곡우가 지난 이제야 한창이다. 남부지방보다 스무 날 이상 늦게 피는 듯하다. 우리 마을에는 이즈음이 밭갈이 철이다. 올해도 텃밭에 옥수수와 고구마, 그리고 몇 가지 남새를 심고자 며칠 전부터 얼치기 농사꾼이 밭갈이에 나섰다. 몇 평 되지도 않는 텃밭에, 기왕이면 친환경 유기농으로 작물을 가꾸려고 지난해 가을부터 옆집 노씨에게 소 외양간두엄을 부탁했다. 그때마다 노씨는 시원케 대답했

진달래 꽃잎

는데 막상 밭갈이할 때가 되었는데도 두엄을 갖다 주지를 않았다.

며칠 전, 마침 앞집 노씨가 밭에다가 두엄을 내기에 그런 사정을 얘기했더니 "예로부터 농사꾼은 마누라는 나눠 쓰도 거름은 나눠 쓰지 않는다"고 말했다. 그 말을 듣고 보니, 농사꾼들은 두엄을 자기 부인보다 소중히 여기는데 내가 노씨에게 무리한 부탁했다.

어린 시절 시골에서 자랄 때 할아버지들은 혹 손자가 개천에다 오줌을 누면 크게 야단을 치셨다. "집안 망칠 놈"이라고. 손자가 할아버지에게 그 영문을 물으면 아까운 거름을 개천에다 버리기 때문이라고 했다. 그러면서 할아버지는 오줌을 꾹 참았다가 내 집 밭이나 거름자리에다가 눌 일이고, 정히 참을 수 없으면 남의 밭에다가 누라고 했다.

앞집 노씨와 어린 시절 할아버지 말씀이 떠올라 슬그머니 농협에서 두엄을 네 포대를 사다가 밭둑에 두었더니 옆집 노씨가 그제야 자기가 한 말이 생각났던 양, 해거름 때 경운기에 외양간 퇴비를 가득 싣고 와서 텃밭에 뿌려주고 갔다.

농촌을 살리는 방안

내가 이 산마을로 내려온 지 그새 네 해째 농사다. 앞집 노씨가 예년처럼 트랙터로 당신 밭갈이 할 때 잠시 내 텃밭도 갈아주겠다는 걸 마다하고, 이틀 전부터 쉬엄쉬엄 괭이와 삽으로 묵은 밭을 뒤집고는 거름을 골고루 흩어가며 두둑을 만들었다.

막상 시골에 와서 보니까 그동안 농사짓는 방법도 무척 많이 변했다. 요즘 대부분 농사일은 사람대신 기계나 비닐, 비료, 농약, 제초제가 하고 있었다. 그럴 수밖에 없는 것은 시골에 일꾼이 없기 때문이다. 설사 일꾼이 있더라도 인건비가 매우 비싸므로 재래식 영농으로는 도저히 수지를 맞출 수가 없기 때문에 그렇다고 한다. 그래서 농사꾼들은 친환경 유기농이 좋은 줄 알면서도 어쩔 수 없이 쉬운 영농방법을 택하는 실정이었다.

이렇게 생산을 해도 미국이나 중국의 농산물과 가격 경쟁을 할 수가 없다. 그네들은 상상을 초월하는 넓은 들판에서 값싼 노동력이나 기계로 농사짓기에 좁은 땅에서 생산하는 우리 농산물은 그 생산비에서 서너 배 이상 차이가 날 수밖에 없다.

미국과 FTA자유무역 체결에 이어, 머잖아 유럽과 중국 등 다른 나라들과 FTA 체결이 될수록 외국 농산물이 우리 시장에 넘칠 것은 불을 보는 것처럼 분명한 일이다. 하지만 우리 농촌이 이대로 주저앉을 수는 없다. 농촌의 내일을 염려하는 이들은 그 대안으로 우리 농업이 친환경 농업, 무공해 유기농업으로 도시민들이 마음대로 믿고 먹을 수 있는 고품질 농산물을 생산한다면 외국 농산물을 막아낼 수 있을 거라고 주장하고 있다.

몇 해 전 중국산 배추에서 나온 기생충 파동처럼 사실 외국농산물은 문제점이 많다. 외국산 농산물은 화학비료나 농약을 지나치게 사용하거나 방부제 살포 등으로, 우리 인체에 해롭고, 맛도 우리 농산물에 따를 수 없다. 이 시점에서 정부와 농사꾼이 서로 머리를 맞대고 거센 FTA 물결을 이길 수 있는 방안을 찾아야 더 이상 농촌이 황폐화되지 않고 우리 백성들의 건강도 지킬 것이다. 온 종일 괭이질을 하는데 이따금 멧새가 텃밭 말뚝에 날아와서 노래를 불렀다.

밭갈이를 막 끝내려는데 주말이라 서울에서 딸 아들이 내려왔다. 아이들이 뒷산에서 진달래 꽃잎을 뜯어오자 아내는 화전을 부쳤다. 진달래 화전, 이보다 더 맛있는 먹을거리가 어디 있으랴.

07. 4.

진달래 '화전'

초여름 산마을 풍경

산책길   한 선배 작가는 직장인처럼 오전 9시에 집필을 시작하여 오후 5시에 끝내며, 중간에도 50분간 일하고 10분씩 쉰다고 했다. 여간 부러운 생활 습성이 아니다. 내 경우는 처음부터 버릇이 잘못 들었다. 퇴근 뒤나 주말에 집필을 하다 보니 야행성이요, 소나기성이다. 퇴직한 다음 이를 고치려 하지만 한 번 잘못 든 버릇은 좀처럼 잘 고쳐지지 않았다.

지난 겨울과 봄 내내 올 여름에 나올 신간준비로 무척 바빴다. 신체 부위 가운데 가장 혹사한 곳은 아무래도 눈과 어깨 팔목 부분인가 보다. 막 원고 마무리를 끝내자 갑자기 팔목이 몹시 아팠다. 그러면서 그제야 뻐꾸기와 장끼의 노랫소리가 장대비소리처럼 요란히 들려왔다. 좀 쉬라는 신호로 알고 컴퓨터를 끄고는 산책길에 나섰다. 주천강 둑길로 가는데 마침 말무더미 사람들이 양배추 모종을 밭에 내고 있었다. 앞집 노씨가 인사를 하면서 사진이나 좀 박아달라고 부탁했다. 농사꾼들이 모종을 내는 광경이 더 없이 아름답게 보였다.

곧장 집에 돌아가 카메라를 가지고 와 몇 컷 담았다. 밭주인은 고심 끝에 올해는 농협과 계약재배로 양배추를 심는다고 했다. 계약재배는 큰 이익은 없지만 안정성은 있다고 한다. 요즘 농사꾼들은 해마다 뭘 심어야 할지 마음고생이 이만저만이 아니다. 자칫 작물 선택을 잘못하면 시장에 내지도 못하고 밭에 그대로 갈아엎기 일쑤다.

"농사꾼이 심을 작물 하나 통제치 못하는 정치가 그게 정치냐?"

"농사꾼들이 정부를 믿고 시키는 대로 농사지을 수 있는 세상이 되었으면 바랄 것도 없다."

"그 전에는 정부가 농사꾼들을 우대하더니, 이제 농촌 표가 적어지자 정부나 여당이 들은 척 하지도 않는다."

농사꾼들이 모두 한 마디씩 했다.

올 봄은 날씨가 좋고 비가 알맞게 자주 내린 덕분에 우리 동네 특산물 고랭지 배추농사가 아주 잘 됐다. 하지만 앞집 노씨는 풍년이 반갑지 않은 기색이었다. 값이 폭락할지 모르기 때문이다.

밭에 오래 머물면 일에 방해가 될 것 같아 사진 몇 장면을 더 찍고 능선을 넘자 아랫마을 농사꾼 부자가 옥수수 밭에서 옥수수모종에 흙을 덮어주고 있었다. 아름다운 부자 모습이었다. 내가 화가라면 이 장면을 캔버스화폭에 담았을 것이다. 다시 이 세상에 태어난다면, 부자가 같은 일을 할 수 있는 직업인이 되고 싶다. 갑자기 그들 부자가 부러웠다. 잘난 의원, 고위직 공무원, 자치단체장 자식 두면 뭘 하나. 금방 들러날

옥수수 밭에서 일하는 아버지와 아들

거짓말도 백성들이 지켜보는데도 서슴없이 하거나 백성들 고혈로 해외 연수 가서 딴전이나 하고 돌아와 빈축을 받고 있지 않은가?

　그들 가운데는 자기가 지은 비리가 드러나 스스로 다리 위에서 뛰어내리는 못난이의 뉴스가 이따금씩 이어지지 않는가. 그런 잘난 자식 둔 것을 조금도 부러워할 필요가 없다. 한 집에서 늙은 부모를 봉양하고 흙을 뒤집으면서 바르게 세상을 사는 자식이 정말 자랑스러운가?

　조금 더 내려가자 브로콜리 밭에서 가지치기를 한다고 수건을 뒤집어쓴 농사꾼들이 눈길조차 주지 않았다. 잠시 쉬는 시간인 줄도 모르고, 그들은 나에게 팔자 좋게 카메라 들고 산으로 들로 어슬렁거린다고 자기네들끼리 한마디 할 것 같아 내 집으로 후딱 돌아와 나도 텃밭의 풀을 뽑았다. 싱그러운 초여름의 산마을이다. 뻐꾸기는 가는 봄의 춘정을 여태 다 풀지 못했는지 뒷산 숲에서 세레나데를 줄기차게 불렀다.

07. 6.

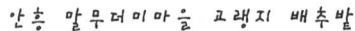

안흥 말무더미마을 고랭지 배추밭

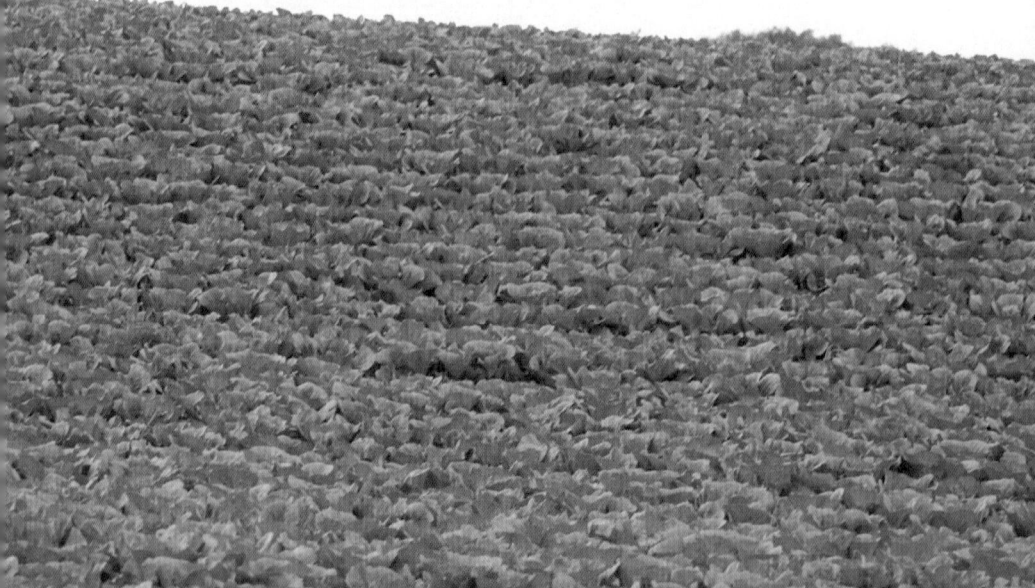

모내기

고양이 손도 빌린다   지난날 우리 농촌에서는 소만과 망종이 걸치는 5월 하순부터 6월 상순까지는 일년 가운데 가장 바쁜 때였다. 보리타작과 모내기가 겹치기 때문이다. 이때를 놓치면 다 된 보리농사를 물에 떠내려 보내기도 하고, 모내기를 제때 못하면 일 년 벼농사를 그르치기 때문이다.

"모내기 때는 고양이 손도 빌린다"

"모내기철에는 아궁이 앞 부지깽이도 뛴다"

"모내기 때의 하루는 겨울 열흘 맞장이다"

이런 속담이 있을 만큼 이즈음은 일손도 부족하고, 모든 사람이 바쁘며, 하루하루가 매우 중요하다는 말이다.

나는 고향에서 중학교까지 다녔는데, 해마다 이맘때면 학교에서는 '가정실습'이라 하여 사나흘씩 쉬었다. 어린 우리들이 주로 하는 일은 새참 나르는 일이나 모내기 때 못줄 잡는 일들이지만 머리가 커지면서 보리타작도, 모내기도 거들었다. 나는 군복무를 전방부대에서 했는데 해마다 모내기철이면 농촌 일손 돕기에 동참했다. 그때 농사꾼들이 모내기를 해 준 고마움의 답례로 마련한 점심을 논두렁에서 먹었던 그 추억은 지금도 혀끝에 남아 있다.

손 모내기 광경 (횡성군 갑천면)

친환경 유기농업　　　우리 가족에게 유기농 쌀을 5년째 단골로 대
주는 횡성군 갑천에 사는 농사꾼 윤종상 씨로부터 이 바쁜 철에 초대를
받았다. 사연인즉, 6월 3일 당신 논에서 손 모내기를 하는데 점심이나
들고 가라는 거였다. 모내기철이나 추수 때의 논두렁에서 먹는 점심밥
별미의 추억이 아련하여 아내와 같이 갑천 들판으로 달려갔다.

　갑천면 포동2리 마을회관에 이르자 이미 인드라망 생협회원들이 손
모내기 체험을 하고자 멀리 서울에서 37명이 전세버스로 도착하여 이 마
을 농사꾼 윤종상, 구현석 씨에게 마을소개와 친환경농법 등을 듣고 있
었다. 두 젊은이는 대학 졸업 후 도시에 살다가 다시 시골에 돌아온 농민
운동가로 횡성군 농민회를 이끌어가는 심지 깊은 친환경 농사꾼이다.

　그들은 올해도 당신 논에 화학비료 대신에 깻묵이나 유박 등 유기질
비료를 밑거름으로 썼고, 앞으로도 쓸 예정이며, 제초제 농약 대신에
우렁이를 넣어 농사를 짓는다고 했다. 그야말로 다시 원시 농법으로 돌

아간 친환경 유기농업이다.

　오전 체험단원 일과는 이미 모내기가 끝난 논에 우렁이를 넣어주는 일이었다. 그 일을 마치자 곧 점심시간이었다. 체험단원들은 밥을 논두렁까지 옮기는 수고를 들고자 다시 마을회관으로 와 차려놓은 정성이 담긴 음식들을 맛있게 먹고는 곧장 모를 낼 논으로 갔다. 이 날 참가한 일꾼들은 절반 정도는 처음 모를 내는지라 토박이 농사꾼 윤종상 씨가 모내기에 앞서 시범 교육을 한 뒤 모두들 무논으로 들어갔다.

　내 어린 시절 모내기를 하려고 무논에 들어가면 개구리는 지천이라 물뱀이 머리를 쳐들며 다녔고, 시꺼먼 거머리가 종아리에 붙어 피를 빨아먹었다. 손바닥으로 종아리의 거머리를 때려도 여간해서 떨어지지 않았다. 어른들은 피가 줄줄 흘러내려도 손바닥으로 한 번 칠 뿐 그대로 모를 심었다. 그 뒤 거머리의 습격을 예방하고자 모내기꾼들이 여성 나일론 스타킹을 신었는데 그 무렵 여자대학에서는 농촌 모내기에 보낸다고 떨어진 스타킹을 수집하곤 했다. 이제 우리 농촌은 죄다 이앙기 모내기로, 농약 살포에 따른 수질 오염으로, 그런 일들도 '믿거나 말거나' 옛 이야기가 된 양, 무논에는 거머리 한 마리 보이지 않았다.

　모내기꾼들은 못줄을 네댓 번 넘기고는 막걸리 사발을 들이켰다. 오늘같이 좋은 날 풍악이 없을쏘냐. 이웃 정금리 민속놀이패가 논두렁에서 태평소를 불어 젖히자 더욱 흥이 무르익었다. 두어 시간 만에 논 한 배미 모를 내었다.

　다음 일정은 벼를 빻는 도정시설 견학이었다. 거기서 이십 리 정도 떨어진 우천면 두곡리 마을에 있는 '횡성군 친환경곡류센터'로 가서 원종욱 대표로부터 친환경유기농업과 도정과정에 대한 말씀을 들었다.

　그는 당신이 평생 선택한 일 가운데 가장 현명한 선택은 농사꾼이 되었다는 것과 유기농업을 하게 된 일이라고 당당히 자랑했다. 당신도 일반 영농을 하다가 건강이 좋지 않아 친환경유기농을 하면서 무공해 식품만 먹었더니 저절로 건강해졌다고 하면서 요즘 창궐하는 불치병 발병원인도 유해 식품에 있다고 체험에서 우러난 말을 했다.

이 도정공장정미소은 친환경 전용으로 이 날 온 손님을 위해 특별히 남겨둔 두 부대 벼를 도정하였는데, 친환경 유기농으로 생산된 마지막 벼라고 했다.

이제는 사람들이 양보다 질을 더 중요시하고, 참살이웰빙를 중요시하기에 윤종상 씨나 구현석 씨의 우렁이 농법 벼는 오래 전에 다 팔려 올가을 추수 벼를 예약 받고 있었다. 듣던 이야기 가운데 가장 반가웠다. 값이 좀 비싸더라도 우리 농산물을, 친환경 유기농법의 농산물을 먹을거리로 삼는 일이 가족의 건강을 지킬 뿐 아니라, 우리 농업을 살리고 우리 땅을 살리는 지름길이다. 나라 안팎의 온갖 시련에도 꿋꿋이 땅을 지키는 젊은 일꾼들이 있기에 그래도 조국의 미래는 밝다고 생각하면서 내 집으로 돌아왔다.

07. 6.

부자가 되어 *행복*해졌습니까?

생명평화 탁발순례단   "경쟁에 승리해서 행복해졌습니까?"

"생활이 편리해져서 행복해졌습니까?"

"적게 갖고 적게 쓰는 것이 진보다."

"품위 있는 삶이란 나를 낮추고, 나를 비우고, 내 것을 이웃과 나누며, 남을 존중하고, 다른 이를 배려하며, 이 세상 모든 분에게 고마워하며 사는 삶이다."

한 탁발승이 남기고 간 말씀으로 며칠 동안 내 머릿속을 떠나지 않았다. 도법 스님이 이끄는 생명평화 탁발순례단은 지난 2004년부터 4년째 2만여 리 길을 걸으며 5만여 명을 만나면서 전국을 탁발순례하고 있다. 2007년 6월 26일에 내가 사는 횡성군에 온 뒤 여드레를 머물고, 7월 3일 원주시로 떠났다. 횡성 군내 순례 가운데 6월 28일은 안흥면에 온다는 소식에 우리 내외는 이웃 우천면까지 마중을 갔다.

우리 내외가 우천면 두곡리 마을에 가자 순례단 일행은 친환경 도정 공장을 둘러보며 원종욱 횡성유기농영농조합장과 친환경농업에 대한 이야기를 나누고 있었다. 친환경농업이야말로 뭇 생명을 살리고, 땅을 살리고, 농촌과 농업을 살리고, 사람을 살리는 유일한 대안이라고 두 분은 화답하고는 가까운 자작나무 숲 미술관으로 자리를 옮겼다.

외딴 산골의 자작나무 미술관은 초록에 채색되어 더욱 아름다운 자태를 한껏 뽐내고 있었다. 도법 스님은 원종호 관장에게 문화의 사각지대인 시골에 훌륭한 미술관을 세운 데 감탄하면서 "생명이 숨 쉬고 평화가 깃든 우리 시대 고향의 보금자리로 빛나길…"이라는 방명록을 남긴 뒤 다음 행선지로 옮겼다.

이날 '생명평화탁발순례단'에는 횡성 동화 읽는 어른모임 회원들도 동참하였는데, 자작나무 숲 미술관에서 42번 국도까지 도보 순례 길은 흙길이라 더욱 정감이 갔다. 새말 막국수 집에서 공양을 들고 전재를 넘어 안흥으로 가는데 흐릿하던 하늘은 기어이 비를 쏟았다. 안흥에 이르러 순례단이 멈춘 곳은 안흥면사무소 앞 안흥찐빵 집이었다. 주인이 탁발한 찐빵으로 허기를 메운 순례단은 장대비도 아랑곳하지 않고 이날 묵을 상안리 마을회관으로 향했다. 마을회관에는 이미 인하대학교 농활 학생들이 자리 잡고 있었다.

이 날 밤 마을회관에서 순례단, 마을주민, 농활 대학생들과의 간담회가 있었다. 이야기의 초점은 피폐한 농촌문제였다.

도법 스님은 "농사꾼들이 정치지도자를 원망하거나 그들에게 시혜를 바랄 것이 아니라, 농사꾼 개개인이 각성해야 하고, 농촌마을이 풀뿌리 민주주의 공동체로 거듭나야만, 비로소 근본적인 해결책이 된다"고 그 대안을 제시했다. 그러자 원론적인 스님의 말씀에 실망한 농민들의 반론도 있었다.

도법 스님은 농사꾼들이 "농사꾼들이 자기 지역인물을 키우지 않고, 자기 자식에게 농사꾼이 되는 것을 자랑스럽게 여기지 않는 한, 우리나

도법 스님의 뒷모습 (자작나무숲 미술관)

라 농촌은 회생할 수 없다"고 농민들의 생활철학 빈곤을 말씀했는데, 이날 농사꾼들은 몇 사람이나 공감했을지 모르겠다.

내면의 소리를 듣는 방법　　이튿날은 이웃면인 강림면 순례인데 길잡이가 잠자리를 걱정했다. 내가 고향마을 폐교에서 도자기를 굽고 있는 한국공예원 서성덕 원장에게 부탁드리자 흔쾌히 수락하여 잠자리 걱정을 들어드렸다. 저녁에 서 원장에게 감사 인사라도 드리고자 수박을 사들고 순례단이 묵고 있는 숙소로 찾았다. 이 날 밤 도법 스님은 공예원 수강생들과 '즉문즉설卽問卽說'이 있었다.

"현대인은 대부분 정신으로나 육체로나 환자입니다. 이러한 모든 병은 걸으면 저절로 고쳐집니다. 걸으면 자기 내면의 소리를 들을 수 있습니다. 어린 아이일수록 걸어야 합니다. 걸으면 삶이 단순해지고 홀가분해집니다. 현대인은 정작 자기 자신을 모르고 삽니다. 나는 누구인가? 나는 어떤 존재인가? 나는 어떻게 살아야 하나? 이런 물음에 무지합니다. 걸으면 그 답을 구할 수 있습니다. 또 탁발은 사람을 찾아가는 일입니다. 걸어서 찾아가는 게 가장 진정성이 있는 태도입니다. 밥과 똥은 분리시킬 수 없습니다. 이는 연못이 있어야 연꽃이 피는 이치와 같습니다. 그런데도 사람들은 밥과 똥을 분리시키며, 똥은 더럽다고 숨기려고만 합니다."

생명평화 탁발순례단은 7월 3일 아침 횡성군청 옆 삼일공원에서 생명평화 백배서원 절 명상을 끝으로 횡성군 순례를 마치고 점심을 든 뒤 원주로 떠났다.

현대문명이라는, 자본이라는 거대한 괴물이 이 세상의 생명을 파괴하고 세계 평화를 깨트리고 있다. 소유의 논리와 사람들의 이기적인 욕망이 자연과 농촌과 농업을 회생불능의 상태로 몰아가고 있다. 누가 이를 말하고 치유할 것인가?

스멀스멀 멀어져가는 순례단의 뒷모습이 마치 초고속으로 달리는 KTX열차의 제동장치와 같기도 하고, 썩어가는 이 사회에 부패를 방지하는 한 줌의 소금 같기도 하다.

07. 7.

지상낙원은 주민들이 만든다

환경오염에 무감각한 사람　　　산골 사람들은 외지사람, 특히 서울을 비롯한 도시 사람들이 시골에 오는 걸 별로 반가워하지 않았다. 그 까닭은 도시 사람들이 시골에 다녀간 뒤 쓰레기나 오물만 잔뜩 남겨두기 때문이었다. 또 도시사람 가운데 시골에 집을 별장처럼 사두고 이따금 내려오는 이들도 있는데, 이들 가운데는 눈살을 찌푸리게 하는 일이 많기에 반기지 않았다. 이들이 내려오는 날이면 한밤중에도 고성방가에다가 고기 굽는 냄새를 온 산골에 피우기 때문이다. 게다가 일부 도시사람들은 시골사람을 무시하거나 무례한 행동으로 마음에 상처를 주는 일도 더러 있기 때문이었다.

　오늘 아침 바깥이 소란스러워 밖을 나가자 꽃상여를 꾸미고 있었다. 상여의 주인공은 이 마을에 살았던 이로 서울에 나가 살다가 고향 뒷산에 묻히고자 영구차에 실려 왔다. 스무 대가 넘는 차들이 마을의 빈자리를 모두 메우고도 모자라 우리 집 주차장까지 차를 세워두었다. 유족과 조문객들은 아무런 양해도 없이 내 집 마당에 불쑥 들어와 수도를 틀고는 손을 닦기도 했다. 한 마디 하려다가 궂긴 일이라 꾹 참았다. 하관이 일찍 끝났는지 오후 2시 무렵 주차한 차들과 유족 조문객들이 모두 떠나갔다.

　해거름 무렵 텃밭에 가고자 주차장 어귀를 지나는데 오물 한 무더기와 휴지가 너저분하게 언저리에 늘려 있었다. 삽으로 오물을 치우는데 "도시사람 지나간 자리에는 오물밖에 없다"라는 산골마을사람들이 들려준 얘기가 환청처럼 들렸다.

바야흐로 피서가 절정이다. 전국의 이름난 계곡에는 인파로 뒤덮고 있다. 계곡마다 개울물을 막고는 물놀이 기구를 띄우고 멱을 감거나 한편에서는 샴푸로 머리를 감고 있다. 그걸 지적하거나 만류하다가는 당신이 뭔데 남의 휴가 망치느냐고 몰매를 맞을 게다. 이러고 보니 이즈음에는 상류를 확인치 않고는 계곡 물을 마실 수 없다. 그래서 깊은 산 계곡을 찾아가면서도 생수를 사들고 가는 현실이다. 예로부터 산 좋고 물 맑은 강원 산골도 이제는 계곡 물일지라도 마음 놓고 마실 수 없다. 우리 동네 앞을 흐르는 주천강물은 일 년 내내 뿌옇고, 그 맑던 이웃 동강은 오래 전부터 죽어간다고 아우성이다.

스위스 사람들   세계 여러 나라를 둘러보면 사실 우리나라만큼 산이 아름답고 물이 맑은 나라는 거의 없다. 우리는 이런 면에서 매우 축복받은 나라에 살고 있다. 그런데 이 아름다운 산하를 이 땅에 사는 우리들이 마구잡이로 오염시키고 있다.

스위스에 갔을 때다. 루체른이란 도시는 피어발트슈테터라는 호수에 둘러싸인 아담한 도시로, 여태 중세의 모습을 그대로 간직하고 있었다. 온통 꽃으로 뒤덮인 카펠 다리에서 보는 호수와 다리 난간에 장식한 꽃의 행렬이 일대 장관이었다. 도심임에도 로이스 강과 피어팔트슈테터

호수가 어찌나 깨끗한 지 그대로 한 움큼 마셔도 될 듯했다. 이런 깨끗한 강과 호수는 정부나 어느 자연보호 단체의 캠페인만으로는 이룰 수 없을 것이라.

스위스 사람들의 뜨거운 애국심과 자연에 대한 숭고한 사랑이 아니고는 결코 이룰 수 없는, 그네들의 자연에 대한 종교와 같은 신념의 결정이라고 느껴졌다. 스위스는 개발보다는 환경을, 눈앞의 이익보다는 미래를 내다보는 슬기로움으로 세계인의 부러움을 받는 쾌적한 나라를 만들었다. 그들은 먼 앞날을 내다보면서 공해 산업을 기피하고 금융이나 관광과 같은 굴뚝 없는 산업에 온 힘을 쏟았다. 전기조차도 환경오염을 우려한 나머지 수력발전으로만 해결한다고 한다.

오늘 스위스의 번영은 하늘이 내린 축복이라기보다 스위스 사람들이 스스로 만든 지상 낙원의 나라였다. 지상낙원은 하늘이 준 게 아니라 거기에 사는 사람이 공동으로 만드나 보다.

사실 나도 4년 전에는 도시사람이었다. 내가 보기에는 우리나라 사람들은 도시사람 시골사람 모두 예외 없이 환경오염에 느슨하다. 북한의 묘향산과 금강산을 둘러보았더니 환경이 잘 보존돼 있었다. 그곳 관리인들은 개울에 손도 닦지 못하게 했다. 그렇게 관리하였기 때문에 자연환경이 보존되었을 것이다. 이들 명승지는 장차 통일 한국의 가장 큰 자산이 될 것이다.

지금 우리에게는 환경보존을 위한 특단의 대책이 필요한 시점이다. 우선 올 여름부터 쓰레기더미로 국토가 오염되는 일이 없도록 피서객들이 몸소 실천하는 운동이 들불처럼 일어났으면 좋겠다.

07. 8.

카사, 그리고 나

금강산 구룡연 계곡의 옥류담

활짝 핀 조팝나무(횡성군 우천면)

염치없는 *사랑*

아내의 당부　　엊그제 아내가 서울 아이에게 가면서 나에게 단단
히 일렀다.

"여보, 텃밭 호박 넝쿨에 계란만한 애호박이 두어 덩이가 달려 있으니
까 내일 아침에 꼭 따 두세요. 요즘은 때를 놓치면 묵힐 수도 없어요."

오늘 아내가 온다는 전화를 받고서 그제야 그 말이 퍼뜩 생각나 바구
니를 들고 텃밭으로 갔다. 호박넝쿨을 들추자 이 가뭄에도 꽃을 피우

가뭄에도 올망졸망 열매를 맺은 호박

고, 올망졸망 열매를 맺기에 한창이었다. 잠깐 새 주먹 크기만 한 애호박 네 덩이를 땄다. 요즘 산마을은 가을 가뭄이 어찌나 심한지 텃밭에는 물기가 전혀 없고 밭고랑을 밟으면 그대로 흙이 푹 내려갔다. 이런 가뭄에도 시들지 않고 꽃을 피우고 열매를 맺는 호박이 여간 고맙지 않았다.

나는 애호박을 따면서 흙에 대한 고마움과 함께 참 염치없는 사람으로 몹시 부끄러웠다. 올 봄에도 텃밭에다 호박을 비롯한 고추, 오이, 가지 등 남새를 잔뜩 심어놓고는 그동안 열심히 가꾸지 못했다. 굳이 변명을 하자면 호남지방 의병전적지 답사 다닌다고, 그 원고를 한 권의 책으로 엮는다고, 또 올 연말에 나올 다른 책의 원고를 쓴다고 텃밭을 거의 팽개치다시피 돌보지 않았다.

아내가 그동안 남새를 심어만 놓고 돌보지도 않는다고 잔소리를 하다가 지쳤음인지 이즈음에는 아예 나를 제쳐두고 혼자 텃밭을 가꾸면서 날마다 아침저녁으로 싱싱한 푸성귀를 밥상에 부지런히 올렸다. 올해는 텃밭 농사가 퍽 잘돼 호박잎과 오이, 가지, 풋고추는 입에 물리도록 실컷 먹었다. 애호박을 따온 뒤 미안한 마음에 물뿌리개로 물을 주자 호박과 고추, 파는 조금도 옆으로 흘리지 않고 꿀꺽 꿀꺽 흔적도 없이 들이켰다. 물뿌리개로는 남새들이 감질이 날 것 같아 뒤뜰의 호스를 꺼내 수도꼭지에 연결하여 한바탕 뿌려주는데 하늘이 갑자기 흐려지더니 기어이 단비를 뿌렸다. 한바탕 단비가 쏟아지자 내 집 텃밭의 남새뿐 아니라, 앞집 노씨네 밭 배추들도 금세 고개를 빳빳이 치켜들고는 하늘에 고맙다고 인사를 하는 듯했다.

오늘 텃밭에서 애호박을 따면서 세상의 자식들이 아비보다 어미를 소중히 여기는 까닭도 알았다. 대체로 남성들은 아무 데나 씨를 뿌리려

애호박 네 덩이

하거나, 온갖 달콤한 말로 여성을 유혹하여 씨만 뿌려 놓고는 돌보지 않기 일쑤다. 이와는 달리 여성들은 자기 밭에 돋아난 씨앗들을 주리 끼고 애면글면 평생을 산다.

열매만 따 먹는 사람　　　　문득 몇 해 전, 6 · 10 항쟁에 도화선이 된 박종철 열사 아버지 박정기 씨와 대담을 나누는 가운데, 가슴 속에 담은 한 말씀을 쏟은 게 떠올랐다.

" '얌체염치 있게 살자' 를 말하고 싶네요. 한 마디로 사람들이 너무 얌체가 없어요. 정치인이건 경제인이건 정부건 사회건 얌체 있게 살았으면 좋겠어요. 부질없이 남을 탓하거나 자기 과시하거나, 그리고 정치모리배들의 얌체 없는 짓 때문에 나라가 엉망진창 아닙니까? 기본 양심도 없이 자기 부만 축적하겠다는 얌체족들이 너무 많아요. 씨앗을 뿌리거나 심거나 가꾸지도 않고 열매만 따 먹는 것도 얌체 없는 짓이지요, 아무튼 얌체 있는 사회가 돼야지요."

나는 10년째 국내외 항일유적지를 더듬으면서 독립지사나 의병 후손을 만날 때마다 울분을 느끼는 것은 조국 해방의 씨를 뿌리거나 가꾼 이는 여태 주변인으로 남의 머리나 감겨주거나 남의 밥집에서 설거지나 하거나 보성 안담살이 의병장 후손, 청각장애인 심남일 의병장 후손으로 아흔의 어머니와 쓸쓸히 살아가고 있었기 때문이다.

오늘 텃밭에서 그동안 제대로 가꾸지도 않고 애호박만 따는 내가 바로 염치없는 사람이었다.

08. 9.

재수 좋은 날

목욕탕에 가다 애초부터 나는 가능한 학교에서 정년퇴직을 하
려고 했다. 하지만 학교 현장에서 일어난 볼썽사나운 일은 애초의 내
생각을 접게 했다. 게다가 아내는 그만 후배를 위해 용퇴하라고 권했
다. 그래서 5년 전 조기퇴직을 하고 아무런 연고도 없는 강원 산마을로
내려왔다. 내가 사는 마을은 세 집밖에 살지 않는 외딴 동네로 특히 겨
울철에는 적적하기 그지없다. 최근에는 아내가 이런저런 사정으로 서

전 재 교 개

울에 사는 아이들과 지내는 날이 잦아 나와 카사만 지내는 때가 많았다. 다행히 올 겨울은 밀린 원고가 있었기에 설날 아침까지 무료한 줄 모르게 지냈다.

어제 아침 오랫동안 만지작거리던 원고를 탈고하고 나니 곧 어딘가 텅 빈 듯한 허전함과 고적감이 엄습했다. 이럴 때는 기분 전환으로 영화라도 한 편 보거나 마음에 맞는 친구를 만나 맥주라도 한 잔 마시면 텅 빈 마음을 채울 수도 있으련만, 이 겨울 산마을에서는 그럴 형편이 아니다.

오전 내내 책을 뒤적거리기도, 음악을 듣기도 하다가 뒤늦게 점심을 먹고는 산책을 겸하여 전재 너머 코레스코 목욕탕으로 갔다. 산마을 생활 가운데 가장 즐거운 일은 목욕탕에 가는 일이다. 아내와 같이 갈 때는 승용차를 타고 가지만, 혼자 갈 때는 집에서 장터마을까지 15분 남짓 걸어간다. 그런 다음 면사무소 앞 정류장에서 버스를 타고 전재를 넘어 코레스코 앞에 내려 목욕탕에 간다. 5년 동안 줄곧 이삼일에 한 번은 목욕탕을 들리자 이제는 주인도 낯이 익어 매우 반긴다.

오늘은 날씨가 차기에 옷을 단단히 차려입는다고 미적거리다가 차 시간이 촉박하게 집을 나섰다. 이런 날은 곧장 장터마을 정류장으로 가지 않고 곧장 안흥중고등학교 앞 삼거리로 간다. 내 예상과 같이 삼거리에 이르자 막 버스가 왔다. 손을 들어 세운 뒤 버스에 오르자 기사 혼자 타고 있었다.

매번 버스를 탈 때마다 느낀 바이지만 시골버스에는 손님이 적었다. 버스기사의 말로는 손님이 없어 적자이지만 지자체의 요청으로 운행을 하는데, 적자 분은 그곳에서 메워준다고 했다. 산마을에도 이즈음은 걸어 다니는 사람이 거의 없다. 어쩌다가 걸어 다니는 사람을 만나면 혼자 사는 노인들이거나 아이들이고 나머지는 죄다 승용차나 트럭에 오토바이, 아니면 하다못해 스쿠터, 경운기라도 타고 다닌다. 한번은 내 집에서 코레스코 목욕탕까지 이십 리 길을 운동 삼아 걸어 전재 고개를 넘었더니 자동차들이 어찌나 싱싱 달리는지 매우 위험해서 그 다음부터는 걸어 다닐 생각을 접게 되었다.

공허한 메아리   지하 600미터에서 솟는 유리처럼 맑고 따뜻한 물로 몸을 닦고는 기분 좋게 인삼탕_{온탕}에서 잠시 즐기고는 탈의실로 나오니 주인이 새해 덕담과 커피를 한 잔 타 주었다. 돌아가는 버스시간이 다소 여유가 있기에 의자에 앉아 커피를 마시는데 텔레비전에서는 대통령의 새해 국정연설이 방영되고 있었다.

    저는 부패와 비리에 대해서 단호히 처리할 것임을 다시 한 번 분명하게 밝히고 싶습니다. 공직 사회를 비롯해 우리 사회 모든 분야의 부정과 비리를 제거하겠습니다. …… 법치를 바로 세워 선진일류국가로 가는 기반을 다질 것입니다. 법치와 함께 꼭 필요한 것은 우리 사회의 도덕과 윤리 수준을 끌어올릴 수 있는 강력한 의식 개혁입니다. 도덕은 강한 나라를 만드는 뿌리입니다.

    대통령의 말씀이 마치 조금 전 타고 온 텅 빈 버스 운전기사의 말처럼 썰렁하게 들렸다. 사실 사람의 말이란 하는 사람에 따라 소음이거나 공해이기도 하다. 특히 고위 공무원이나 정치인들의 말은 더욱 그러하다. 말과 행동이 일치하지 않을 때는 그것은 말이 아니라 소음이요, 공해다.

어떤 전직 대통령은 집권할 때 '정의로운 사회'를 부르짖으며 정당 이름조차도 '민주정의당'으로 만들었다. 그러나 퇴임 뒤 수천억 원의 비자금이 쏟아졌을 때 많은 백성들은 한동안 입을 닫지 못하였다. 그가 집권할 때 '사회정화위원회'라는 걸 만들어 칼자루를 얼마나 휘둘렀는가. 숱한 사람들이 부패 무능 인물로 그 잔치에 제물이 되었다. 심지어는 교실에까지도 '학급정화위원회'를 만들어 비리를 사제 간, 학생 간 서로 고발케 하고는 학급정화일지까지 쓰게 했다.

나는 커피를 다 마신 다음 수첩을 꺼내 버스시간을 확인하고는 서둘러 정류장으로 내려가는데 버스가 휙 지나갔다. 손을 들어 "스톱!"이라고 고함쳤으나 그야말로 '버스 지난 뒤 손들기'였다. 다음 버스시간까지는 정확히 1시간 11분을 길거리에서 기다려야 했다. 순간 낭패감에 내가 미워졌다. 남들이 다 갖는 그 운전면허증도 없이 나는 왜 이 산골에서 핫바지로 살아가는가. 사실 내가 운전면허증을 따지 않은 것은 1980년대 말 어느 해 전기 대학 입학시험 날에 자가용들이 길을 메워 교통체증으로 입시장에 지각해서 시험을 잡치고 이튿날 등교하여 울고 있는 한 제자를 보고서 자동차 문화에 분노하고 나서부터였다. 그래서 '자가용 병'이라는 글을 썼고, 그 글을 1988년 첫 작품집 〈비어 있는 자리〉에 실었다.

자가용들이 수험생을 태워다 주고 바로 빠진다면 좋으련만, 입시장 옆 대로변이나 골목길에 주차시키고선 부모들이 차안을 대기실로 이용하기 때문에 교통 정체는 더욱 가중되고 있다. … 학생들의 휴식 터인 등나무 그늘이 교사들의 주차장으로 전용되고 있다. 사업상 승용차가 꼭 필요로 하는 사람이면 몰라도 단지 출퇴근만을 위하여 이 좁은 도시 도로에서 자가용을 가진다는 것은 우리나라의 현실을 무시하는 처사요, 남이야 어떻든 말든 나만 편하면 된다는 이기주의자요, 교사라면 모름지기 자신의 안일을 자제할 줄 알아야 한다.

안흥~원주를 오가는 시내버스

그때 나는 마음속으로 다짐했다. 내가 현직에 있는 한 절대 승용차를 몰고 다니지 않겠다고. 현직을 떠난 지 만 5년이 지났으나 나는 여태 운전면허증이 없다.

사실 승용차는 도시보다 외진 시골에서 더 필요하다. 아내는 자기가 아파도 내가 승용차로 병원에 데려다 주지도 못할 거라고, 현직에서 벗어났으니 이제는 운전을 배우라고 권하지만 그러겠다고 대답은 하고도 여태 배우지 않고 있다. 20년 전에 내가 쓴 글을 스스로 뒤집는 행동이 아닐까 하는 부끄러움 때문이다. 점차 글쓰기가 힘들다. 말이나 글을 함부로 내뱉고는 제 글에, 제 말에, 휘둘려 망신당하거나 심지어 스스로 목숨까지 끊는 일조차 벌어지지 않았는가.

버스를 놓치다　　　버스가 힁하니 지나간 길가에서 오들오들 떨며 지나가는 차에게 손을 들었으나 못 본 체 싱싱 지나쳤다. 다시 목욕탕으로 돌아가 탈의실에서 한 시간 텔레비전이나 봐야겠다고 돌아서려는데 봉고 차 한 대가 멎었다.

"어디까지 갑니까?"
"안흥까지 갑니다."
"어서 타세요."
"고맙습니다."
"버스를 놓치셨나 보지요?"
"네, 그렇습니다."

운전석 옆 자리에 앉아 이런저런 세상살이 이야기를 들으면서 전재고개를 넘었다. 기사는 내가 사는 동네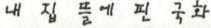를 묻고는 집까지 데려다 주려는데 굳이 안흥 장터마을에서 내렸다. 예정에 없던 이발까지 하자 그새 어둑해졌다. 기온이 떨어져 알알한 밤공기를 마시며 기분 좋게 집으로 돌아왔다. 오늘 하루는 버스를 놓쳐 재수가 없다가도 그나마 봉고차를 얻어 타 재수 좋은 날이었다. 길에서 오들오들 떨지도 않았을 뿐더러 차비까지 아꼈다.

09. 1.

내 집 뜰에 핀 국화

짱하고 해 뜰 날

순조롭게 내린 봄비   지난 겨울은 가뭄이 몹시 심했다. 아내는 먹을 물조차 딸려 빨래는 엄두도 내지 못하고 모아 두었다가 서울 가는 길에 해왔다. 농사꾼들은 기상이변을 크게 걱정하며 올 봄 농사를 매우 불안스러워 했다. 그 무렵 기상청의 예상으로는 봄 가뭄이 몹시 심할 거라는 예상이었다.

　다행히 하늘은 기상청의 예상을 비웃듯, 올 봄에는 비가 자주 내렸다. 요즘은 한창 모내기철인데 이삼일 한 번꼴로 비가 내려 농사꾼들에

강원 안흥산골 고랭지 배추밭에서 싱싱하게 자라고 있는 배추들

게는 여간 고마운 게 아니다.

　어제 오후부터 비가 내려 글방에 틀어박혀 있으니 몸부림이 났다. 아직 몸살기운이 다 가시지 않았지만 비옷을 챙겨 입고 집을 나섰다. 재너머 목욕탕에 들러 몸을 닦은 다음 이발소를 들러 머리를 깎고 돌아올 셈이었다.

　버스를 타고 운무가 가득한 전재 고개를 넘는데 안개구름 사이로 보이는 매화산 신록이 소름이 돋을 정도로 그지없이 싱그러웠다.

싱그러운 녹음이 짙어가는 산촌

시골 이발사의 대목　　　지하에서 갓 퍼 올린 맑고 따뜻한 물에 몸을 잠시 담근 뒤 다시 버스를 타고 단골 이발소로 갔다. 내 예상과는 달리 손님이 많았다. 나는 예순을 넘긴 뒤부터는 목욕을 한 뒤에 이발을 한다. 사람이 나이가 들면 대체로 꾀죄죄한 냄새가 나게 마련인데 행여 내 몸에서도 그런 냄새가 풍겨 이발사를 불쾌하게 할 지 모른다는 염려 때문이다. 가위질을 하는 이발사에게 오늘 웬 손님이 이렇게 많은가 물었다.

"농번기 때는 비오는 날이 대목이에요."

이발사는 미처 내가 몰랐던 말을 했다. 이즈음 농촌은 모내기로 눈코 뜰 새 없이 바쁘다. 하지만 오늘처럼 하루 종일 비가 오는 날은 농사꾼은 쉬는 날로 미뤄두었던 머리를 깎는 날인가 보다. 예삿날과는 달리 두 사람 이발을 기다린 뒤 내 머리를 손질했고, 그새 새 손님을 맞았다.

내가 면도도 생략하고 머리감기도 간소히 한 채 이발을 마치자 이발사 아내는 굳이 거스름돈을 내주는 걸 마다하고 집으로 돌아오는데 기분이 상쾌했다. 참 세상은 재미있다. 비는 농사꾼만 좋은 게 아니고 시골동네 이발사에게도 대목을 주는 것을 보고 세상만사가 서로 그물코처럼 얽혀 있음을 새삼 깨달았다.

계절의 변화, 가뭄과 홍수, 추위와 더위 등 이 모든 게 서로 얽혀 거기에 따라 일희일비하면서 세상은 돌아간다. 실비를 맞으며 앞집 노씨 배추밭을 지나오는데 반갑게 인사를 한다. 노씨 표정이 몹시 밝았다. 배추밭 배추가 엄청 잘 자라고 있었다.

춤추는 배추 값　　　"배추농사 잘 지었네요."

"박 선생은 뭘 보고 잘 지었다고 그러시오?"

"배추들이 가지런히 잘 자라고 있네요."

"이젠 박 선생도 촌놈 다 되었네요. 배추들이 가지런히 자라야 농사 잘 지은 거지요. 내가 봐도 올 배추농사는 아주 잘 되었어요."

노씨 입가에는 웃음이 떠나지 않았다.

"배추 값이 장난이 아닌 모양이던데."

"그런가 봐요. 서울에서는 배추 한 묶음세 포기에 만원도 더 간대요."

"파셨나요?"

"그럼요, 벌써 한 달 전에 넘겼어요."

"얼마나 받으셨나요?"

"일천팔백."

풍작으로 밭에서 썩어가는 배추들

"좀 더 버텨보지 그랬어요."

"아 그 사람 중간 밭떼기 도매상도 좀 먹어야지요. 객지를 떠돌며 물 밥 다 사먹으면서 처자식 먹여 살리고자 돌아다니는데 남는 게 있어야 올 가을 배추도 팔아주지요."

현지에서 보니까 밭떼기 중간도매상은 농사꾼에게는 필요악이다. 만일 그들이 없다면 농사꾼이 배추를 싣고 서울 가락시장에 가야하고, 자칫 잘못하면 제 값도 못 받고 여러 날을 보내야 하기 때문에 농사를 지을 수 없을 게다. 또 중간도매상도 미리 배추를 밭떼기로 사지만 배추 값이 폭락하면 밭에서 뽑아가지도 않고, 이미 지불한 배추 값을 고스란히 날려버리는 위험 부담도 크다고 한다. 이들은 농사꾼과 악어와 악어새처럼 공생관계였다.

불과 6개월 사이 배추 값이 춤을 추고 있다. 사람만 아니라 농산물 팔자도 시간문제다. 엊그제까지 천하를 호령하던 고관대작도 불과 몇 달 사이 검찰의 칼날 앞에 고양이 앞에 쥐 신세가 되는가 하면, 엊그제까지 별 볼 일 없던 사람이 혜성처럼 나타나 오늘 언저리 사람을 놀라게 하는 세상사다.

지난 겨울 노씨네 배추밭의 썩어문드러지는 배추와 오늘 금값으로 팔린 배추를 보면서 누구나 세상만사 느긋하게 기다리며 열심히 살면 좋은 날이 온다는 것을 알았다. 오늘 풍년 배추밭에서 시들어가는 배추처럼 별 볼이 없이 움츠려 사는 그대여, 묵묵히 어려움을 참고 살다보면 언젠가는 그대에게도 '쨍하고 해 뜰 날'이 돌아올 것이다.

09. 5.

이 시대의 성자

밀짚모자와 수건　　　참 사람이란 간사하다. 40년 넘게 산 서울이 이제는 점차 낯설어지고 하룻밤 자기도 싫어진다. 엊그제 건강검진으로 아침 일찍 빈속으로 채혈을 하라는 서울의 한 대학병원 지시에 하는 수 없이 아이들이 사는 집에 가 하룻밤을 잤다. 이튿날 채혈을 하고 결과를 기다리자니 또 하룻밤을 자야기에 그게 싫어 채혈을 한 뒤 곧장 안흥으로 내려왔다. 다음날 안흥에서 곧장 서울에 있는 병원으로 갈 셈이었다.

　시외버스는 어찌나 세게 달렸는지 서울을 떠난 지 두 시간 만에 안흥 장터 마을에 닿았다. 마침 한 출판사에서 두 권 책을 얻어 가방도 무겁기에 택시를 타려고 살폈으나 보이지 않았다. 뙤약볕아래 무거운 가방을 들고 터덜터덜 집으로 돌아오는데 우리 동네 말무더미마을 어귀에서 낯익은 홍순조 씨 내외가 밭에서 일을 하고 있었다.

　그제 배추를 뽑더니 그 자리에다가 뭘 심는 모양이었다. 내외가 뙤약볕을 가리고자 바깥어른은 밀짚모자에, 안어른은 챙이 긴 모자에 수건을 덮고는 나란히 밭두둑에 씨앗을 심는 모습이 여간 아름답게 보이지 않았다.

　프랑스의 어떤 황제가 시골길을 가다가 방앗간에서 먼지 묻은 머릿수건을 뒤집어 쓴 부부를 보고 "그대들의 먼지 묻은 머릿수건이 내 왕관

농사꾼 홍순조, 장금순 부부가
뙤약볕 아래 옥수수 씨앗을 심고 있다.

보다 더 아름답다” 했다는 이야기를 어느 책에서 본 게 문득 떠올랐다.

“수고 많으십니다.”
“어디를 다녀오시오?”
“서울에요.”
“두 분 일하는 모습이 보기가 좋습니다.”
“좋게 봐 줘서 고맙소.”

"수고하세요."

"잘 가시오."

가마 타고 시집오다　　　　집에 돌아오자 카사란 놈이 계단에서 나를 꼬박 기다리고 있었다. 그에게 간식으로 우유 한 잔을 챙겨주고 옷을 갈아입은 다음 카메라를 메고 다시 홍씨네 밭으로 갔다. 마침 내외분은 그늘에서 쉬고 있었다. 배추를 제 값에 팔았는지 그게 궁금했다. 올 봄에는 배추 값이 다락같이 올랐다고 법석이었는데 여름배추가 출하되는 이즈음에는 값이 폭락했다고 한다.

"배추는 제 값을 받고 넘겼나요?"

"한 매끼_{단위: 한 트럭} 분에 80만원에 넘겼어요."

"그래도 제 값은 받으셨네요."

"계약재배를 했기 때문이지요."

농협과 계약재배를 하면 크게 이익은 남길 수 없지만 다소 이윤은 남길 수 있나 보다. 배추 뽑은 그 자리에다 파종을 한 게 궁금했다.

"무슨 씨를 심습니까?"

"옥수수요."

"지금 심어도 먹을 수 있나요."

"그럼요, 심은 지 백일이면 수확을 해요."

부인 장금순 씨가 집에 가서 차라도 내오려고 하는 걸 찬물이면 족하

옥수수를 심는 부부

다고 굳이 붙잡고는 밭머리에 있는 주전자의 찬물을 한 잔 들이켰다.

"결혼하신 지 몇 해나 되셨나요."

한참을 세었다.

"꼭 쉰 네 해가 됐네요."

"친정은 어디인가요."

"둔내에요. 시집올 때 거기서 가마 타고 왔어요."

"그동안 보따리를 몇 번이나 쌌나요."

"마음속으로는 여러 번을 쌌지만 실제로는 한 번도 못 쌌지요. 친정 아버지가 여자는 출가외인이라고, 시집간 딸을 다시 받아주지도 않았을 거에요."

이들 내외는 슬하에 아들 딸 6남매로 다들 외지에 나가사는데, 다만 막내아들을 아직도 장가보내지 못해 그게 부모로서 가장 마음에 걸린다고 큰 걱정을 했다.

몸으로 일하려 하지 않는 세태   다시 옥수수 씨앗을 내는 그들 부부의 모습을 두 컷 찍고는 집으로 돌아오는데 아랫마을 노진범 씨가 고추밭에서 고추 모에 줄을 치면서 "나도 한 장 박아줘요" 하고 인사를 했다. 늘 부부가 나란히 일을 했는데 혼자였다.

말무더미 마을 노진범 씨가
고추밭에서 못줄을 치고 있다.

"오늘은 웬일로 혼자하십니까?"

"우리 집사람은 집에서 일해요."

고추 못줄을 배낭에 담고서 일하는 솜씨가 여간 손에 익지 않았다. 노진범 씨는 우리 동네의 알부자로 여간 부지런한 농사꾼이 아니다. 곁에서 지켜보니까 논밭 농사뿐 아니라, 소도 여러 마리 키우고, 닭도 돼지도 먹이는 등 사시사철 노는 일이 없었다.

"우리처럼 사시사철 일하면 먹고 사는 데는 걱정 없지요. 사람들이 몸으로는 일하려 하지 않고 머리로만, 입으로만, 먹고 살려고 하니 세상이 시끄럽지요."

일하는 모습을 두 컷 찍고는 돌아서는데 그새 이마에서 주르르 땀이 흘렀다. 뙤약볕에서 일하는 농사꾼들이 내 눈에는 성자로 비쳤다.

"수고하세요."

"올라가세요."

숱한 백성들을 먹여 살리는 이들이 바로 이 시대의 성자가 아닐까.

09. 7.

세 번째 마당,

기다리는 기쁨

인생에는 흐린 날이 더 많다

상쾌한 아침 뒷산 멧새들의 재잘거림에 잠이 깨어 뜰로 나왔다. 정말 상쾌한 아침이다. 올해 들어 가장 날씨가 좋았다. 먼 산에는 엊그제 내린 눈이 남았지만 산등성이 위로 떠오르는 해가 찬란하다. 산골마을에 사니까 도시에서 살 때보다 날씨에 민감하다. 아마도 자연과 가깝게 지내니까 그런가 보다.

뒷산철쭉 진달래

앞집 농사꾼 노씨 말에 따르면, 산골마을 날씨는 종잡을 수 없어 자 칫하면 큰 손해를 입는다고 한다. 추위가 다 간 줄 알고 밭에다가 모종 을 낸 뒤 갑자기 눈이나 우박이 내려 모종 값에 인건비를 고스란히 날 린다고 했다. 이태 전에 얼치기 농사꾼인 나도 갑자기 기온이 내려간 바람에 고구마 모종을 얼려버린 적이 있었다.

어제는 절기로 곡우인데도 우리 산골마을에는 눈이 내렸다. 거기다 가 낙뢰에 우박이 쏟아지는데다가 강풍까지 몰아치는 등, 내 집 본채 심야보일러까지 작동치 않아 온 종일 추위에 오들오들 떨었다. 오후 늦 게야 온 한전 직원은 낙뢰로 누전차단기가 내려간 탓이라고 했다.

산마을에 살면서 날씨 좋은 날을 손꼽아 보니까 몇 날 되지 않았다. 일 년 가운데 절반 이상은 춥거나 더운 날씨다. 나머지 날도 비나 눈이 내리거나, 아니면 바람이 불거나 황사 등으로 음산하고 흐린 날이 더 많았다. 일 년 365일 가운데 알맞은 기온에 쾌적하고 산뜻한 날은 그 리 많지 않았다. 날씨만 그런 게 아니라 살아보니까 우리 인생도 그와 비슷했다. 사람에 따라 다소 차이가 있을 테지만, 평생 동안 기쁜 날은 몇 날 되지 않았다. 대부분 사람들은, 아니 동물까지도 어쩌다가 다가 온 몇 날의 행운을 즐긴 탓으로 평생 그날 빚을 갚느라 헉헉대며 살아 가기 마련이다.

오늘은 모처럼 화사한 햇볕에 눅진한 이부자리를 말리고 텃밭에 밑 거름도 냈다. 뒷산 진달래도 제철을 만나 한껏 피고 멧새들도 기다리던 행운의 날을 만들고자 하루 종일 흥에 겨워 노래하며 저마다 짝을 찾기 에 분주하다.

혹 이 세상에 자신만이 불행하다고 여기는 이에게, 다른 사람의 삶도 날씨처럼 흐린 날이 더 많다는 얘기를 들려 드린다. 평생에 몇 날 되지 않은 화사한 그날을 묵묵히 기다리며 살아야 하지 않을까. 오늘 저녁 뉴스에 내일은 또 비가 내린다고 한다. 모레는 화사한 날이기를 기대해 본다.

06. 4.

아내가 소목으로 천연염색한 명주를 그늘에 말리고 있다.

칭찬은 고래도 춤추게 한다

멀어지는 정장차림　　　한 친지가 나에게 조기 퇴직을 극구 만류했다. 그 까닭 가운데 하나는 학교를 그만두면 정장차림을 별로 하지 않는다고 했다. 나는 그분의 진심어린 만류에도 학교를 그만두고, 거기다가 두메산골로 내려오니까 정장차림 하는 일이 거의 없었다. 한 달에 한두 번 서울나들이 길에, 그것도 무슨 기념식이나 혼인 예식 때만 정장차림으로 가다보니 퇴직한 뒤 새로 산 양복은 여태 몇 번 입지 못했다.

마침 지난 주 서울 가는 길에 옷장의 양복을 살펴보니 그새 곰팡이가 푸르스레하게 번져 있었다. 그 양복을 꺼내 솔질을 하고 햇볕에 말린 다음 서울행 시외버스 시간에 맞춰 나들이 차비를 했다. 오랜만에 양복에 와이셔츠를 입고 넥타이를 맸다. 신발장에서 구두를 꺼내 신은 다음 비닐봉지에 구둣솔과 구두약을 담아 가방 한편에 넣고 아내에게 점검을 받았다. 아내는 늙을수록 옷단장을 잘해야 한다고 퇴직 후 부쩍 잔소리가 늘어났다.

　사실 나는 자신에게 쓰는 돈에 대해서는 매우 인색한 편이다. 그래 평생 새 양복을 사거나 맞춰 입은 적이 별로 없었다. 아내가 퇴직한 다음날 종각 앞에서 만나자고 했다. 그날 만나자마자 아내는 불쑥 옷가게로 데려가더니 새 옷을 사게 했다. 그날 양복에 와이셔츠에 외투까지 왕창 샀다. 내 평생 가장 옷을 많이 산 날이었다.

그날 모임은 저녁시간이라 느지막이 서울행 버스를 탔다. 안흥농협 앞에서 서울행 시외버스를 타면 으레 문막 휴게소에서 10분 남짓 쉬었다. 나는 그 틈에 휴게소 야외 쉼터 나무의자로 가서 구두를 닦곤 했다.

참말로 멋쟁이네요　　　내가 구두손질에 신경을 부쩍 쓰는 것은 한 문인의 글을 보고난 뒤부터다. 그 여성는 특히 구두가 지저분한 남자는 몹시 혐오한다고 했다. 그 더러운 신발로 여성을 짓밟는 것 같기 때문이라고 했다. 그 글을 읽자 공감이 가며 지난날 나도 그런 남자가 아니었을까 반성해 보았다. 그 뒤로부터 내 딴은 열심히 구두를 손질하고 다녔다. 학교에 있을 때 내 책상서랍 맨 아래 칸에는 늘 구둣솔과 구두약 면장갑을 마련해 두었다.

안흥 산골로 내려온 뒤, 나들이 길에는 구두 솔질을 하지만 소용이 없는 경우가 많았다. 내 집 마당부터 황토라 조금만 비가 내려도 질퍽하고 용케 마당을 벗어나도 시골길을 가노라면 구두에 진흙을 묻히지 않을 수 없었다. 그래서 이곳에 내려온 뒤 처음에는 동서울터미널에 도착하자마자 구두 가게에서 신발을 닦았다. 구두수선공이 솔질을 한 차례하고는 구두약을 바른 뒤 두어 번 문지르고는 다 닦았다고 내밀며 삼천 원이나 요구했다. 지난날에는 구두닦이 소년들이 침을 뱉어가며 그야말로 파리가 낙상할 정도로 윤을 내주었는데 이즈음에는 그런 정성도 들이지 않고 대충 닦고는 큰돈을 요구했다.

처음 구두를 닦은 날, 내가 삯이 삼천 원이나 되느냐고 되묻자 "삼천 원이 돈이요?"하고는 별 세상 물정 모르는 시골노인 다 봤다는 식으로

흘깃 쳐다보았다. 하기는 내가 강원도 시골노인이 아닌가. 그 다음 다른 가게를 들러 닦아도 마찬가지였다. 그날 이후 이천 원을 들여 구둣솔과 구두약을 마련하여 가방에 넣고 다니면서, 중간에 잠깐 쉬는 문막휴게소에서 구두를 닦았다.

지난 번 서울 가는 길에 문막휴게소 야외 쉼터에 앉아 구두를 닦는데 청소부 아주머니가 대걸레를 든 채 내 모습을 한참이나 지켜보고 있었다. 사실 나는 다른 이에게 피해를 주지 않고자 일부러 사람도 뜸한 야외 쉼터 나무의자에서 구두를 닦는데 이것도 규정 위반인가 싶어 잔뜩 쫀 채로 아주머니에게 겸연쩍은 미소를 보냈다.

"아저씨, 늘 구둣솔을 가지고 다니며 닦으시오?"

"예, 그렇습니다."

"아저씨, 참말로 멋쟁이네요."

"네?"

"내가 오래도록 여기서 일했지만 구둣솔 가지고 다니면서 휴게소에서 닦는 분은 처음 보오. 참말로 아저씨, 멋쟁이에요. 옷차림도 단정하고."

'칭찬은 고래도 춤추게 한다' 고 한다더니, 그날 아주머니의 칭찬은 일주일이 지난 지금까지도 내 기분을 좋게 한다. 나는 아직도 칭찬을 좋아하는 어린 아이인가 보다.

06. 11.

사람 **팔자** 알 수 없다

집 단장에 바빠진 아내　　　　아내는 요즘 집 단장과 화단, 그리고 텃밭 가꾸는 일에 흠뻑 빠졌다. 지난해는 가으내 아래채 내 글방 흙집 짓는 일에, 본채 수리에 여념이 없었고, 올 봄에는 화단과 텃밭 가꾸는 일에 마치 신접살림을 난 새댁처럼 바쁘다. 엊그제는 아내가 마당의 화초를 옮겨 심으면서 혼잣말처럼 중얼거렸다.

"서울에서 이렇게 살려면 최소한 10억 원은 가져야 할 거예요."
"서울도 서울 나름이겠지만 그보다 훨씬 더 들 거요."

내가 맞장구를 쳤다. 늘그막에 이 산골 널찍한 곳에다 둥지를 틀어준 아내가 여간 고맙지 않다.

그러고 보니 우리 내외는 아주 큰 부자다. 지금 살고 있는 집이 본채와 아래채에다 마당, 그리고 뒤꼍 텃밭까지 딸려 있으니 어림잡아 300평은 넘을 듯하다. 우리 내외가 이렇게 넓은 집에 살게 되다니. 사람 팔자 정말 알 수 없다. 우리 내외는 결혼 뒤 서울 구기동에서 32년 5개월 동안 대지 39평, 건평 14.7평의 좁은 한옥에서 줄곧 살았다. 나는 8대 장손인데 그 좁은 집에서 대소사며 손님 접대까지 하면서 살아왔으니 그 옹색함은 처절했다. 그때는 고조할아버지까지 4대 봉제사를 지냈

안흥 집 본채(왼쪽)와 아래채('박토글방')

는데 추석이나 설날, 마루에서 차례를 모시자면 내 엉덩이에 뒷줄의
조카 머리가 부딪쳤다.

아이들이 크자 집이 좁아 도저히 견딜 수 없어 동회에 가 통사정을
했다. 담당 직원이 우리 집에 와 살펴보고는 풍치지구이기에 합법적인
증축은 안 된다고 했다. 그러면서 싱긋 웃고는 자기가 눈감아줄 테니
알아서 조금만 늘이라고 하기에 두어 평 불법 증축해서 살았다.

아이들이 고등학생 대학생이 되어 방 한 칸씩 차지하자 우리 내외는
좁은 골방 차지였다. 거기다가 남편은 밤늦도록 원고지 앞에서 궁싯거
리니 아내는 하는 수 없이 거실마루로 밀려났다. 그럴 때마다 나는 마음
속으로 이번 펴내는 책이 잘 나가면 조금 더 넓은 집으로 이사 갈 거라
고 기대했지만, 학교를 퇴직할 때까지 열 권 남짓 책을 내고도 끝내 집

을 옮기지 못했다. 그렇게 옹색하게 살던 우리 내외가 말년에는 무슨 늦복인지 강원 산골로 내려와 본채는 아내가 몽땅 쓰고, 아래채는 나 혼자 활개를 치면서 쓰고 있으니, 정말 사람 팔자 정말 알 수 없다. 거기다가 텃밭에다 꽃밭조차 가꾸고 있으니 둠벙에서 살다가 갑자기 강으로 나온 느낌이다.

인생 역전   할머니는 "사람 팔자 알 수 없다", "침 뱉은 우물 다시 먹는다", "음지가 양지되고, 양지가 음지 된다"는 말씀을 자주하셨다. 사실 나는 그 말씀들을 한 귀로 흘려들었다. 어른들이 으레 하는 케케묵은 구닥다리 말씀으로 여겼다. 구미 장터 큰 기와집에 살았던 우리 가족이 어느 한 순간에 집안이 풍비박산이 되어 철길 건너 각산 남의 초가 행랑채를 얻어 살았다. 그 무렵 할머니와 이웃으로, 금오산 기슭에서 땔감 나무하다가 잠시 쉬는 시간이면 땅바닥에 고무신을 패대기치면서 '창부타령'을 하던 할머니 친구인 신문사네_{박상희 씨 부인 조귀분 여사}가 하루아침에 대통령 형수가 되고, 국무총리 장모로 변신하여 서울 효창동 큰 집에 사는 걸 본 뒤 정말 "사람 팔자 알 수 없다"는 말이 실감났다.

셰익스피어의 4대 비극의 하나인 〈리어왕〉에서 리어왕은 끝내 모든 것을 다 잃어버리고 미쳐 폭풍우 속의 광야를 헤매다가 죽는다. 아니, "사람 팔자 알 수 없다"는 실례를 멀리 서양에서 들출 필요도 없다. 우리나라 현대사에도 사형수가 대통령이 되고, 그때 대통령이 사형수가 된 적도 있었다. 자장면 배달부가 국민가수가 되고, 개구쟁이 소년이 국민타자로 이제는 일본 열도를 열광시키는 세계적인 야구선수도 되지 않았는가.

며칠 전, 서울에서 한 친구가 내 안부를 물어왔다. 산골마을에서 어떻게, 어찌 사느냐는 연민의 정이 담뿍 담긴 말들이었다. 학교는 왜 그만두었으며, 집은 얼마에 샀고, 지금 사는 동네에 부동산 좀 샀느냐, 네 땅 옆에 내 땅도 좀 사 줄 수 없느냐는 짜증나는 질문에 건성으로 답하고 얼른 수화기를 내려놓았다.

지금 우리 내외가 사는 집은 3년 전, 거저 얻어 우리가 직접 보수하고는 해마다 집터 도지로 쌀 두 가마니 값을 치른다고 하면, 그들이 내 말을 곧이듣겠는가. 그리고 그 사실을 알면 사는 우리 내외를 얼마나 불쌍하고 한심하게 여기겠는가.

내일은 찬란한 해가 솟는다   엊그제 뉴스를 보니까, 400평이 넘는 대저택에 살던 대재벌 총수가 요즘 서너 평 되는 경찰서 유치장에서 지낸다고 한다. 그래도 재벌 총수라고 경찰서에서 특별 배려로 독방을 쓰는 모양인데 아마도 옆방 잡범들이 중얼거렸을 게다. "사람 팔자알 수 없다"고. 그러면서 돈 좀 가졌다고 술집 종업원을 업신여기다가 꼴좋다고. 재벌총수가 대단한 줄 알았더니 거짓말을 식은 죽 먹듯이 잘도 하는 시정잡배나 다름없다고 빈정거렸을 게다.

"사람 팔자 알 수 없다" 이 말을 거듭 쓰니까 혹 앞으로 내 삶에 인생역전을 바라는 투로 비칠지 모르겠다. 솔직히 나는 지금 이대로 너른

집에서 조용히 맑은 물과 공기를 마시며 멧새들의 노랫소리를 듣다가 싫증이 나면, 이제껏 내가 보고 듣고 느낀 바를 원고지에 메우는 글쟁이로 슬그머니 눈을 감고 싶다.

　세상 사람들이여! 지금 남보다 조금 더 많이 가졌거나 지위가 높다고 우쭐하지 말 것이며, 가진 게 적거나 지위가 낮다고 애면글면 안달복달하지 말라. 화가 복이 되고, 복이 화가 되는 게 세상사다. 그 누구도 한 치 앞을 내다보지 못하는 게 인생이다. 갑자기 부자가 되거나 높은 자리에 오르면 제 명대로 살지 못하는 게 하늘의 뜻이기도 하다. 그래서 인생은 새옹지마로 변화무쌍한 한편의 드라마다. 오늘은 그대가 움츠리지만, 내일은 찬란한 해가 솟을 것이다. 찬란한 내일을 맞으면 고개를 숙이고 겸손 하라. 그래야 따뜻한 햇볕을 오래 쬘 수 있다.

07. 5.

내 인생의 스승

반가운 우편집배원   산마을에는 찾아오는 이가 드물다. 그래 가장 반가운 손님은 우편집배원이다. 그러다 보니 하루에 한 차례씩 들리는 집배원 오토바이소리는 언제 들어도 반갑다. 오토바이 소리가 집 앞에서 멈추다가 이어지는 날이면 집배원이 우편함에다가 편지를 넣고 간 날이요, 그 소리가 먼 곳에서부터 이어지다 그대로 잦아지면 편지가 없는 날이다.

나는 집배원 오토바이 소리가 집 앞에서 멎으면 하던 일을 제치고 우편함으로 간다. 그러면 우편함에 두어 통의 우편물이 담겨 있게 마련이다. 그 우편물을 꺼내 살펴봐도 반가운 편지가 있는 날은 드물다. 요즘은 겉봉 주소부터 인쇄된 우편물이 대부분이다.

우편물은 카드 회사나 전화국, 자치단체, 위성 TV 등에서 보낸 통지서나 고지서, 이런저런 단체에서 보낸 초대장, 회보, 월간지 등으로 그 가운데 광고 우편물은 아예 뜯지도 않고 버리기도 한다. 그러다가 정말 가뭄에 콩 나듯이 친필로 써 보낸 편지를 받고는 감격하는데, 주로 나이 드신 은사나 옛 친구들이 보낸 편지다. 그분들이 한지에다 붓으로, 또는 편지지에다 볼펜이나 만년필로 써 보낸 편지를 읽을 때는 수십 년을 익힌 술을 마신 듯, 그윽한 기분에 젖게 마련이다. 그래서 행여나 그런 요행을 바라며 집배원 오토바이 소리를 뒤쫓아 우편함으로 가지만 번번이 속게 마련이다.

모기장　　　오늘은 오토바이 소리가 집 앞에서 멎더니 발자국 소리와 함께 "계세요?" 하는 집배원 목소리가 들렸다. 이런 날은 등기우편물이나 택배가 있는 날이다. "네, 나갑니다"라고 대답을 하고는 후딱 마당으로 나갔다. 낯익은 집배원은 활짝 웃으면서 "오늘은 택배가 왔습니다"라고 하기에 우편배달 확인란에다 서명을 해주고는 우편물을 받았다.

　우편물을 뜯자 서울에 사는 한 학부모가 모기장과 벌레 물린데 바르는 약을 보냈다. 그들 내외분은 지난 주말 안흥 산골 내 집으로 찾아오셨다. 그때 내 얼굴에서 모기한테 물린 자국을 보고 돌아간 뒤 모기장을 사 보낸 것이다.

　올 여름은 날씨가 뒤죽박죽으로 내내 비가 내렸다. 옛 어른들은 "처서가 지나면 모기도 입이 삐뚤어진다"고 하였는데, 올 여름은 모기들도 바닷가 장사꾼들처럼 한철 재미를 보지 못해 독이 몹시 올랐는지, 이즈음도 바깥이나 텃밭으로 나가면 가미가제 특공대처럼 벌떼로 덤볐다. 나는 서울에서도 산동네에 살았기에 그동안 모기나 벌레들에게 보시를 참 많이 했다. 가족 중, 유독 내 피가 달고 맛있는지 가장 많이 물렸다. 그런데도 모기장에 잔다든지, 모기약을 바르다든지, 요란법석을 떨지 않고 적당히 모기들에게 보시하면서 그동안 살아왔다.

　따님이 학교를 졸업한 지 20년이 넘었는데도 옛 담임선생을 챙겨준 내외분의 정성이 그지없이 고맙다. 그분 내외와 우리 내외는 정작 딸보다 더 가깝게 지냈다. 내가 서울 구기동 산동네에 살 때는 등산 때마다 내 집에 들러 가더니 나중에는 아예 우리 동네로 이사 와 이웃사촌으로 몇 년을 살다가 다시 연희동으로 갔다. 그러다 보니 자연 서로 집안 쌀뒤주 속까지 알게 되었는데, 내 인생길에 스승 역할을 여러 번 하셨다.

1990년대 초 나는 학교에서 한 상사와 인간관계로 몹시 불편하던 차, 마침 한 입시학원에서 스카우트 제의를 받았다. 한창 고심 중 마침 그분 내외가 오셨기에 상의했더니 깜짝 놀라며 만류했다.

김석관, 철부자 씨 내외

어디를 가나 미운 사람이 있다

"선생님, 어디를 가나 사람이 많으면 미운 사람이 있기 마련입니다. 그걸 피하거나 극복하는 게 삶의 지혜입니다. 학원에 가면 돈은 더 벌 수 있을 테지요. 돈이 인생의 전부는 아닙니다. 학원에 가면 제자가 없을 겁니다. 저희 내외가 선생님이 좋은 집에 사셨더라면 그동안 이 산동네로 찾아뵙지도 않았을 겁니다. 이번만은 제 말 듣고 그대로 눌러 계세요."

그냥 인사로 만류하는 게 아니라 매우 적극적이며, 일부러 내 집으로 다시 찾아와 극구 만류하는지라 내 들뜬 마음을 주저 앉혔다. 그 뒤로부터 오늘까지 나는 늘 그분의 사려 깊은 충고에 감사하고 있다. 사람은 어떤 고비에서나 갈림길에서 그때 누구를 만나느냐에 따라 운명이 달라진다. 현자賢者를 만나 바른 길을 찾을 수도, 그와는 달리 우자愚者나 악인惡人을 만나 맨홀이나 낭떠러지에 떨어지기도 한다. 그 현자는 부처나 공자, 예수와 같은 성인일 수도 있지만 예사사람일 수도 있다.

우리가 평생 걷는 길에는 도처에 갈림길이 있고, 뚜껑 없는 맨홀도, 덫도 있다. 자기 혼자서는 매번 갈림 길에서 바른 길을 찾아가고, 맨홀에 빠지지 않으며 덫에 걸리지 않고 평생을 살기란 좀처럼 어렵다.

> 눈 덮인 들판 길을 걸어갈 때
> 함부로 어지럽게 걷지 마라.
> 오늘 내가 가는 이 발자취는
> 뒷사람의 이정표가 될 것이다.
>
> 踏雪野中去 不須胡亂行 今日我行跡 遂作後人程

서산대사의 글로 사람이 인생길을 어지럽게 걷지 말라는 경구다. 하지만 오늘날 같이 어지러운 세상에 똑바로 바른 길로만 살아가기는 매우 힘들 것이다. 그런데도 현대인은 현자에게 길을 묻지 않고 스스로 자만하다가 인생길을 그르치는 경우를 흔히 볼 수 있다.

사람에게는 바른 길로 안내해 주는 스승, 곧 현자가 곁에 있어야 한다. 현자는 꼭 많이 배우고 지위가 높은 사람만이 아니다. 예사사람 가운데도 현자는 얼마든지 있다. 나는 연희동 학부모 김석관 현부자 내외분을 만날 때마다 내 인생에 훌륭한 스승을 만난 듯하여 무척 행복하다.

07. 9.

뱅어포

가회동 어머니   오늘 집배원으로부터 택배 상자와 두 통의 우편물을 받았다. 뜻밖에도 택배는 수지에 사는 가회동 어머니가 보낸 것으로 포장지를 뜯자 뱅어포고추장구이를 차곡차곡 담은 상자 1통과 뱅어포 조림을 정갈하게 담은 상자 1통이었다.

  나는 1961년 3월, 고향에서 중학교를 졸업하고 고교에 진학하고자 서울로 왔다. 그때 아버지와 함께 가회동 한옥 문간방에서 세 들어 살았다. 나는 전기 고교에 낙방하고 후기고교에 합격은 하였으나 입학금을 기일 내에 내지 못해 발발 동동 굴렸다. 그런 가운데 주인집이 등록금을 주선해 줘 뒤늦게 학교에 다니게 되었다. 하지만 학교에 몇 달 다니지 못하고 휴학을 한 뒤 그 집을 떠나 신문배달, 찐빵장사 등으로 복학준비를 하였다. 그런 가운데 아버지는 다시 생활 근거지였던 부산으로 떠나고 서울에 나만 혼자 남게 되었는데, 내 사정을 딱하게 여긴 주인아주머니가 당신 아들과 함께 다시 그 집 문간방에서 지내도록 온정_{가정교사}을 베풀어, 그 댁에서 1년 정도 신세진 일이 있었다.

  이런 추억을 '가회동 어머니' 라는 제목의 글로 써서 산문집 『로테르담에서 온 엽서』에 담아 펴낸 일이 있었다. 한 방송국 작가가 그 글을

뱅어포고추장구이와 뱅어포 조림

보고 출연을 끈질기게 제의해 와 지난 3월 초 한 방송국 아침프로2008. 3. 11. 모닝와이드에 나갔다. 그때 작가의 기획에 따라 내가 오랜만에 수지에 사시는 가회동 어머니 내외분을 찾아뵙고 이런저런 옛날이야기를 나눴다. 그때 나는 추억담으로, 가회동어머니가 이른 아침이면 기상 신호와 청소를 겸해 먼지떨이 총채로 방문을 탕탕 털던 이야기와 함께, 도시락 반찬으로 싸주셨던 뱅어포고추장구이 맛을 지금도 기억에 생생하다고 하였다.

사실 그 시절은 대부분 가난하였다. 오죽하면 군부가 쿠데타를 일으킨 명분으로 "절망과 기아선상에서 허덕이는 민생고를 시급히 해결하고"라고 할 만큼, 백성들은 먹을거리가 절대로 부족하였다. 더욱이 그때 나는 객지에서 남의 집에 더부살이하고 있는 처지로서 도시락을 싸가는 것만으로도 행복했는데, 도시락 뚜껑을 열면 오징어채나, 뱅어포구이, 굴비나 어묵과 같은 반찬은 입을 무척 즐겁게 하였다. 사실 그 전 해는 학교에 도시락을 싸가지 못해 점심시간에는 수돗가로 가 물로 배를 채운 적도 있었다.

기억과 그리움의 샘

올해 여든셋 호호백발 가회동 어머니는 내가 아직도 그때의 일을 어제 일처럼 기억한다고 감격해 했다. 그러면서 봄이 오면 서울 중부시장에서 햇뱅어포를 산 뒤 고추장에 구워 소쿠리에 담아 내가 사는 안흥 산마을에 아들과 함께 오시겠다고 말씀을 지나가는 말처럼 하셨다.

나는 이런저런 지난 추억을 곱씹으면서 가회동 어머니가 보내준 뱅어포구이로 점심을 잘 먹은 다음, 뱅어포구이 잘 받아먹었다는 인사전화를 드렸다. 그러자 가회동 어머니는 꼭 내가 사는 산마을을 오고 싶었는데, 데려다 줄 아들이 좀체 시간을 낼 수 없어 뱅어포만 우체국택배로 보냈다는 이야기를 했다. 그러면서 세월이 지나면 모두가 멀어지기 마련인데 여태 기억해 줘 고맙다는 이야기가 송알송알 다정한 목소리로 수화기에서 흘러나왔다. 문우 황현산은 "기억과 그리움의 샘이 마르지 않는 사람의 땅은 늘 기름지다. 그 땅에 관해 말하는 사람은 행복하다"고 하였다.

오늘 저녁 밥상에서 나는 또 가회동어머니가 보내주신 뱅어포구이를 맛있게 먹으면서 가난했지만 꿈이 많았던 고교시절의 추억에 잠길 것이다. 기억과 그리움의 샘이 마르지 않는 한, 나는 행복할 것이다.

08. 6.

노시인의 슬기로운 삶

수컷이 인기 없는 세상   나는 강원도에서 한 선배는 충청도에서 사는데, 거의 매일 전화로 서로 안부를 물으며 지낸다. 때로는 서로 다른 생각의 차이로 티격태격하지만 하루하루 지질구레한 일상사를 나누는 즐거움이 있다. 아울러 보통사람들이 늙을수록 대화와 친구의 소중함이 필요함을 절감케 한다. 그런데 선배가 곧 미국에 두어 달 다녀올 계획이라고 한다. 사연인즉, 미국 LA에 사는 따님의 둘째 아이 해산달이 다가오기에 부인과 동행한다고 했다.

지난해에는 베이징에 사는 며느리 해산바라지로 갔다 온다고 석 달을 머물다 왔다. 나는 첫 아이면 몰라도 둘째 아이인데 뭘 부인 따라가느냐고 핀잔을 주자, 선배 말이 한국에서 혼자 남아 밥해먹기 싫어 그런다는 답변이었다.

나는 "참, 선배님 구닥다리로 산다. 지금이 어느 시대인데 형수님에게 꼬박꼬박 세 끼 밥 얻어먹느냐? 참 형수님 마음씨도 좋다"고 이제라도 혼자 사는 법을 익히라고, 먼저 경험한 사람처럼 일깨워드렸다.

오래 전부터 아내는 나에게 "당신은 혼자 사는 연습을 하라"고 교육시킬 뿐 아니라 때때로 실습도 시켰다. 말인즉, 이제는 시대가 변했으니 나중에 며느리나 딸에게 밥 얻어먹고 살 생각은 아예 하지 말라고 귀에 익도록 일러주었다. 아닌 게 아니라 이제는 이곳 산골마을에도 2

대 3대가 오순도손 사는 집은 거의 찾아보기가 어렵다. 거의 늙은이 내외만 살거나, 혼자 사는 노인집이 대부분이다.

몇 해 전 미국 메릴랜드 주에서 한 달 보름 지내면서 워싱턴에서 발간하는 미주 한국일보를 보니까, 재미동포 50대 이상 남성 가운데 절반 이상이 혼자 산다고 보도했다. 그 까닭은 배우자와 사별, 이혼, 직업상 또는 가정 파탄 등 때문이라고 했다. 그때 그 기사를 충격으로 읽었는데, 자세한 통계는 모르겠으나 요즘 우리나라도 곧 그 수치를 따라갈 듯하다.

사실 자연계에서 수컷은 별로 인기가 없다. 수벌이란 놈은 빈둥빈둥 놀며 지내다가 운 좋게 여왕벌과 교미 한번 하고 나면 쫓겨나기 마련이다. 소도, 돼지도, 수컷은 별로다. 시장에서 수컷의 값은 암컷보다 훨씬 낮다. 병아리는 아예 선택받은 극소수 몇 마리 수컷만 주인이 키우나 나머지는 태어나자마자 살 처분 당하기 마련이다.

그동안 우리나라에서는 남존여비 관습으로 별별 인권유린이 다 벌어졌는데, 심지어 여자가 자식을 낳지 못하면 시집에서 내쫓을 수 있는 '칠거지악'의 하나가 되기도 하였다. 그래서 여성들이 자식, 특히 아들을 낳고자 드리는 치성은 눈물겨웠다. 심지어는 뱃속의 태아가 여성일 때는 인공임신중절까지도 마다치 않았다. 이러한 반인륜적이고, 반자연적인 행태로, 우리 사회에 심각한 남성 인구 초과 현상을 낳게 하여, 그 후유증의 하나로 지금 이웃나라에서 신붓감을 수입하는 사태까지 초래하고 있다. 그야말로 자업자득自業自得이다.

허물어진 성차별의 벽   사실 지난 시대 우리나라는 남성중심
사회로, 단지 남성이라는 이유만으로 특권을 누리며 살아왔다. 여성들
은 가사에, 육아에, 심지어는 농사일까지 도맡다시피 평생을 젖은 손으
로 살았다 해도 지나친 말이 아니었다. 시부모나 남편 조석 봉양 때문
에 어디 가서 마음 편히 하룻밤 자고 오지도 못할 만큼, 세 끼 밥하는
일에 얽매어 살았다. 1999년 여름 항일유적지 답사 길에 중국 선양에
서 이른 아침 시내를 둘러보는데, 남자들이 이른 아침 자전거를 타고
시장에 가는 행렬로 거리를 메웠다. 중국에서 오래 산 길 안내자 김중
생일송 김동삼 선생 손자 씨는 중국에서는 남자들이 시장만 볼 뿐 아니라,
대부분 요리도 남자 몫이라고 했다.

　1992년 스위스에 갔더니, 안내자가 그곳에는 초등학교부터 남자아
이들에게도 조리법과 바느질 교육을 시킨다 하여, 앞서가는 나라의 교
육과정은 과연 다르다고 느꼈다. 다행히 최근 우리나라도 제6차 교육

미국 필라델피아 거리의 홈리스

과정1995년부터 종래 남자에게는 기술, 여자에게는 가정이라 하여 분리시켜 가르치던 것을 통합하였고, 제7차 교육과정2000년부터는 아예 남녀구분을 완전히 없앴다고 한다. 뒤늦게나마 남녀 성차별의 벽을 허문 것은 대단히 잘 한 일이다. 하기는 금녀지대인 3군 사관학교에 여성 입학의 문이 열린 지 오래고, 보병부대에 여성 중대장, 공군부대에 여성 조종사까지 탄생한 세태에 굳이 남성 몫, 여성 몫을 나누는 것은 이제는 시대착오적인 발상이리라.

자녀와 한 집에서 살다

올해 아흔 둘인 시인 이기형 선생은 만나면 늘 늦둥이 아들내외와 오손도순 살아간다고 자랑하였다. 10여 년 전, 광주시민 공원에서 김남주 시비제막식을 마치고 마침 서울까지 돌아오는 길에 아내 차에 모셨다. 선생은 돌아오는 내도록 차 안에서 아들 내외와 사는 이야기를 재미있게 들려주었다. 선생의 지론은 2대가 한 집에서 살자면 부모가 아들 내외에게 꼭 필요한 사람이 되어야 한다는 것이었다.

지난해 몽양 여운형 선생 60주기 기념 인터뷰 다음 여담으로 선생님에게 요즘 사는 이야기를 여쭙자, 여전히 아들 내외의 따뜻한 봉양을 받으며 산다고 했다. 선생 내외는 직장에 나가는 아들 내외를 위하여 육아와 집안청소뿐 아니라, 심지어 며느리 속옷까지 세탁해 준다고 했다. 그래서 아들 내외가 퇴근 후 집에 돌아오면 자그마한 불편함이 없도록 미리 온갖 잔일까지 부모들이 다하니까, 그들이 당신들이 없으면

사는데 매우 불편하다고 먼저 아들내외가 붙잡는다고 했다.

얼마 전, 동창 모임에서 친구들이 이즈음 변한 세태를 원망스럽게 이야기하기에, 내가 마무리 말로 한 마디 했다.

"그래도 우리는 사람으로 태어나서 다행이다. 만일 짐승으로 태어났으면 대부분 이 나이까지 살아있지도 못했을 거다. 자신을 위해, 시대변화에 순응하는 게 현명하다. 세계를 돌아다녀 보면 홈리스_{노숙자}는 대부분 남성들이다."

대부분 동창들은 내 이야기에 공명하는 듯했다. 하지만 몇 친구는 여성부를 만든 지난 정권을 탓하며 시대를 몹시 개탄했다. 내가 그들의 생각을 일깨워 바꾸기에는 이미 사고가 너무 굳어져 있었기에 더 이상 논쟁은 피했다. 남성이라는 이유로, 나이가 더 많다는 이유로, 젊은이들에게 마땅히 대접받아야 한다는 생각을 이제는 버려야 그나마 남은 인생이 덜 비참해질 것이다.

늙어도 필요한 사람, 쓸모 있는 사람이 되어야 젊은이들에게 환영받을 뿐 아니라, 그들에게 소외되지 않는다. 그럴 능력이 없다면 행동거지나 사고라도 시대변화를 과감히 받아들이고 고쳐야 요즘 젊은이들이 가장 싫어하는 '수구꼴통'에서 벗어날 수 있다.

08. 12.

카사, 그리고 **나**

화가의 자취

그림 한 장　　　산골마을은 겨울이 유난히 길고 썰렁하다. 봄부터
가을까지는 이른 아침부터 멧새가 집 울안까지 내려와 조잘거리거나
다람쥐나 청설모 등이, 한밤중에는 고라니 노루 들이 내려와 주린 배를
채워가지만, 겨울철에는 좀처럼 이 녀석들의 자취를 보기가 쉽지 않다.
이런저런 일이 없을 때는 텃밭에 나가면 김을 매는 등 잔일이 많다_{사실}
_{은 아내가 주로 하지만}. 그렇건만 겨울 텃밭은 꽁꽁 얼어붙었다.

네 철 가운데 겨울이 가장 길고도 심심하다. 이 겨울 산골생활 가운데 가장 즐거운 때는 매화산 전재고개 너머 코레스코 목욕탕에 가는 일이다. 더욱이 올 겨울은 가뭄이 몹시 심하여 겨우 밥만 해 먹을 뿐, 제대로 닦지도 못하고 있다. 그래서 이틀에 한 번꼴로 목욕탕에 간 뒤 뜨거운 물에 담그고는 몸과 마음의 피로도 푼다. 아내와 함께 목욕탕에 다녀오자 우편함에 갓 스케치한 그림 한 장이 놓여 있었다.

선생님! 그동안 무고하신지요.
바람 끝이 차가운데 출타 중이시군요.
맴도는 바람이 손을 맞습니다. … 미륵산 밑 하정 다녀감

내가 이곳에 내려와 알게 된 원주시 귀래면에 사는 털보 박명수 화백이 다녀간 흔적이었다. 모처럼 내 집을 찾고서는 주인이 없자 마당 탁자에서 오들오들 떨며 내 집 풍경을 스케치해 두고는 우편함에 두고 갔다. 미리 온다는 기별을 받고 일부러 자리를 피한 건 아니지만 털보 화백에게 엄청 미안했다. 추운 날씨에 곱은 손으로 스케치한 그를 상상하니 더욱 마음이 편치 않았다. 밤에야 간신히 통화가 되었다.

"미안해하지 마십시오. 마침 스케치 가는 길에 문득 예고도 없이 들린 겁니다. 호젓한 산골 집이 좋았습니다. 봄볕이 좋은 날 언제 다시 불쑥 들리겠습니다."

현대인들은 예고하는데 익어져 있다. 그런데 한 선배는 그렇지 않았다. 그 선배는 예고하고 약속하는 자체가 부담이 된다면서 서로 시간이 돼 만나면 좋고, 못 만나면 그대로 족하다는 생활철학을 가지고 산다.

카사, 그리고 나

아마 털보 화백도 그런가 보다. 내가 좋아하는 한시 가운데 하나인 중국 당나라 때 가도賈島의 작품이다.

松下問童子 소 나무 아 래에서 동 자에게 물으니
言師採藥去 스 승은 약초를 캐러 가셨다고 하네.
只在此山中 다만 이 산중에 있으련만
雲深不知處 구름이 깊어 있는 곳을 모르겠네.

나는 평생을 대문을 열어놓거나 대문도 없이, 지금은 아예 울도 담도 없는 집에서 살고 있다. 서울에서도 30년 넘게 산동네에서 그렇게 마음 편케 살았다. 앞으로 어떻게 내 인생을 마무리할지 모르지만 이제까지 대문도 없이 마음 편히 산 것은 분명 축복받은 인생이다.

09. 2.

어느 제자와 네 번 만난 이야기

인생이란　　어느 철학자는 인생이란 '만남의 연속' 이라고 말했다. 우리는 날마다 가족을 만나고 이웃을 비롯한 숱한 사람을 만난다. 그 만남 가운데는 단 한번으로 스쳐가는 만남도 있지만, 거의 날마다 만나는 만남도, 몇 해만에 만나는 만남도, 평생에 한두 번 어쩌다 만나는 귀한 만남도 있다.

제자 진천규 군과 텃밭에서

지난 월요일 아침 컴퓨터를 켜고 메일함을 열자 "진천규입니다"라는 제목의 메일이 담겨 있었다.

선생님;
오랜만에 뵈어도, 그렇게 오래되지 많은 듯한 느낌입니다.
그날 저녁에 먹은 횡성 한우 고기도 맛이 있었지만,
무엇보다 선생님과 함께 지내는 시간이 더욱 좋았습니다.
가끔 뵙도록 하겠습니다.
항상 건강하시고, 가족 모두 행복하기를 기원합니다.
진천규 올림

첫 번째 만남   문득 그와 만남이 주마등처럼 스쳤다. 내가 교직 생활을 한 가운데 학급 담임은 줄잡아 스무 번 정도 한 것 같다. 그 가운데 중1 담임은 꼭 한번 하였는데, 1972년 서울 오산중학교 부임하던 첫 해였다. 오산학교는 예사 학교와는 달리 공휴일인 삼일절 날에 기념식과 아울러 개학식을 하고, 이튿날 입학식을 가졌다. 이는 전 교주 남강 이승훈 선생이 1919년 기미 3 · 1 만세를 주도한 민족대표 33인 가운데 한 분이셨기에, 그분의 겨레사랑 정신을 기리기 위한 후학들의 아름다운 정성이었다.

나는 그 전해인 1971년 7월 군복을 벗자마자 경기도 여주의 신성중학교현, 여주제일중에 부임했다가 한 학기를 마치고 오산학교로 옮겼기에 교단에 선 이래 처음으로 학급 담임을 맡은 셈이었다. 그해 입학식 날, 전체 직원회를 마치고 운동장에 나가자 8백여 신입생들이 반 표지 팻말 앞에 두 열로 정렬하고 있었다.

내가 1-12 팻말 앞에 서자 새 교복을 입은 신입생들이 발꿈치를 들거나 고개를 뽑아 새 담임을 초롱초롱한 눈망울로 바라보았다. 나는 그들이 토끼 새끼 마냥 귀여워 한 녀석씩 살펴가며 이름을 물으며 복장을 매만져 주거나 안아주면서 끝줄까지 훑어갔다.

"야, 우리 선생님 아주 싱싱하다."
"굉장히 무섭겠다."

그들은 저마다 나에 대한 촌평을 마구 조잘거렸다. 나는 햇병아리 교사로 매우 극성스럽게 한 해를 보냈다. 학기 초 신입생 환영 축구대회에서는 내가 감독 코치까지 맡아가며 12개 반 중 우승을 차지하였는가 하면, 유별나게 학급신문도 만들었고, 학교 교지 및 학보 편집지도 교사로 무척 바쁘게 한 해를 보냈다. 그때는 학급 정원이 70명으로 진천규 군도 1학년 12반이었는데, 몸도 호리호리하고 글씨를 반듯하고도 개성 있게 썼던 학생이었다. 40년이 지난 지금도 내겐 그때 반 학생들의 얼굴과 이름이 거의 대부분 또렷이 새겨져 있다. 그들의 진급에 맞춰 나도 학급 담임 및 교과지도 교사로 3년을 마친 다음, 그들의 졸업과 같이 나도 그 학교를 떠나 시내 다른 학교로 옮겼다.

두 번째 만남   1990년대 중반 신문한겨레신문을 펼치면 사진보도 아래 '진천규 기자'라는 이름을 여러 번 본 적이 있어 그가 아닐까 하는 반가운 마음에 신문사로 확인했더니 바로 제자 진천규였고, 우리는 곧

신문사 곁 한 밥집에서 만났다.

내가 그에게 전공과는 달리 왜 사진기자가 되었느냐고 물었더니, 천만뜻밖에도 내 탓이라고 했다. 중1때 담임이었던 내가 학교 행사나 소풍 때 카메라로 자기들을 열심히 찍어줄 때 그 모습에 매료되었다고 했다. 그래서 부모님을 졸라 당시로서는 비싼 카메라를 사달라고 떼를 써서 가지게 되었고, 그것이 계기가 되어 사진 찍는 취미생활을 하다가 마침내는 전문직업인이 되었다고 했다.

그 무렵 내가 펴낸 책의 서평이 가장 싣기 어렵다는 그가 근무하는 신문에 실렸다. 그는 책의 내용이 좋기에 서평이 나갔다고 했고, 나는 그가 서평 담당기자에게 중1 때 담임선생이 쓴 책이라고 자랑한 덕분이라고 생각하고 있는데, 이제껏 그 사실 여부를 확인치 못했다. 그는 그때 자기가 다니던 한 언론대학원의 학보에도 직접 내 책의 서평을 써서 게재해 줄 만큼 신출내기 저자의 책 홍보에 많은 도움을 주었다.

세 번째 만남 2004년 1월 31일, 이른 아침 전화벨에 잠이 깼다. 전화 주인공은 진천규 기자였다. 그날은 나와 한 우국지사_{권중희 씨}가 미국으로 출국하는 날이었다. 뜻밖에도 그는 미국 LA에 살고 있었다. 그는 보도를 통해 나의 미국 방문을 알고 있다면서 몇 시 비행기로 출국하느냐고 물었다.

그날 오전 10시_{현지시간} LA 공항에 닿아 입국수속을 마치고 대합실로 나가자 꺽다리인 그가 손을 번쩍 치켜들면서 "선생님!"하고 소리쳤다. 만리타향에서 옛 제자를 만나니까 눈물이 나도록 반갑고 고마웠다.

그의 곁에는 우리 일행^{백범 암살배후 규명조사단}의 방미를 환영하고자 나온 재미 동포들도 여러분 있었다. 워싱턴 행 비행기로 갈아타기까지 6시간 동안 그의 안내로 LA 시가지를 일주하면서 무료했을 시간을 즐겁게 보냈다.

  그는 2000년 6·15 남북공동선언 때 공동취재기자단으로 평양을 다녀온 뒤 국내신문사를 퇴사하고, 곧장 미주 한국일보 기자로 자리를 옮긴 그간의 신상 변화를 이야기했다. 6·15 때 김대중 대통령과 김정일 국방위원장이 공동선언문에 합의서명한 뒤, 손을 맞잡고 들어 올리는 역사적인 장면은 바로 자기가 직접 셔터를 누른 작품이라고 나에게 자랑했다. 그 자랑이 밉지 않고 대견해 보였다.

  그날 그는 미주 한국일보 기자로 우리 일행을 취재하였고, 나는 시민기자로 그를 취재하는 특별한 사제의 만남이었다. 미국에서 귀국 길에도 LA를 경유한 바, 그의 LA 현지 취재 보도로 우리 일행은 많은 동포들의 환영도 받았고, 그의 안내로 조금도 불편함이 없이 3박4일간 LA에 머무를 수 있었다.

  네 번째 만남   지난 7월 3일 그가 강원산골 내 집으로 찾아왔다. 그는 2009년 5월에 미주 한국일보 서울 지국장으로 부임해 온 뒤 주말을 틈타 옛 담임을 찾아온 것이다. 헤어보니 그를 처음 만난 지 꼭 37년만으로, 그새 10대 소년이 50대 장년으로 흰 머리카락이 보였다. 그는 안흥 산골에서 하루를 머물고 떠났다.

그와 다섯 번째 만남은 어떻게 이루어질지 궁금해 하다가 더 이상 생각하지 않기로 했다. 그와 나, 피차 한 치 앞을 내다보지 못하는 게 인간사가 아닌가. 다만 나는 여태까지 인연의 끈을 이어온데 대해 감사드린다. 이 밤 미처 이야기보따리를 풀어놓지 못한 다른 숱한 제자들에게도 깊이 감사를 드린다. 부족함이 많은 내가 계속 글을 쓸 수 있고, 여러 권의 책을 펴냈던 원천은 국내뿐 아니라 지구촌 곳곳에서 보내준 제자들의 뜨거운 성원 때문이리라. 정말 청출어람인 그들이 눈물겹도록 고맙다.

09. 7.

황혼이혼

조신설화　　한 남자와 한 여자가 만나 혼인하여 '검은 머리가 파뿌리가 되도록' 평생 해로하기가 점차 힘든 세태다. 요즘 들어 부쩍 '이혼' '별거' 라는 말이 낯설지 않을 정도로 홀로 사는 이들이 늘어가고 있다.

내가 스승으로 모셨던 한 선생님은 사모님과 같이 살지 않았다. 수년을 찾아뵈어도 늘 선생님 혼자 사시기에, 어느 하루 조심스럽게 혹 사모님과 사별이라도 하셨느냐고 여쭙자, 그제야 당신 내외의 별거 이야기를 털어놓으셨다.

선생님은 사모님과 서로의 생각과 생활방식이 영 맞지 않아 할 수 없이 별거하고 있다면서 매우 겸연쩍게 말씀하셨다. 그 선생님이 돌아가신 뒤 문상을 갔더니 그때는 사모님이 영전을 지켰다.

그 뒤 내 언저리를 살펴보고, 다른 이의 얘기를 들으니까, 이와 비슷하거나 아예 황혼이혼으로 혼자 사는 이들이 이외로 많다는 사실을 알게 됐다. 이런 이야기가 이제는 강 건너 불구경이 아닌 내 이야기, 이웃 이야기로 늘어가는 추세다.

〈삼국유사〉에 나오는 '조신설화' 를 보면, 신라 때 세규사라는 절에 조신이라는 동자스님이 과부가 된 태수의 딸과 부부의 인연을 맺고자 절을 뛰쳐나와 그와 40년 남짓 살면서 자녀 다섯을 두었다. 이들 부부는 늙고 가난하여 식구들을 데리고 사방으로 떠돌아다니며 얻어먹고 지냈다.

그런 가운데 15세나 된 큰 아이가 갑자기 굶어 죽으매 통곡하며 길가에 묻었다. 또 10살 난 계집아이가 밥을 얻으러 다니다가 마을의 개에게 물려 아프다고 소리 지르며 앞에 와서 눕자 부모도 목이 메어 눈물을 줄줄이 흘렸다. 그러자 부인이 눈물을 씻으며 말했다.

"내가 처음 그대를 만났을 때는 얼굴도 아름답고, 나이도 젊었으며, 입은 옷도 깨끗했습니다. 한 가지 맛있는 음식도 그대와 나누어 먹었고, 옷한 가지도 그대와 나누어 입어 집을 나온 지 40년 넘는 동안 정은 깊어졌고, 사랑도 굳게 얽혔으니 참으로 두터운 인연이라 하겠습니다. 그러나 근년에 와서는 몸이 쇠약하여 병이 해가 갈수록 깊어지고, 굶주림과 추위가 날로 더욱 심해지니 남의 집 곁방살이나 변변찮은 음식조차도 빌어 얻을수가 없게 되었으며, 문전마다 걸식하는 부끄러움은 산더미보다 무겁습니다. 아이들이 추위에 떨고 굶주려도 미처 돌봐 주지 못하는데, 어느 틈에 부부의 정을 즐길 수가 있겠습니까? 붉은 얼굴과 어여쁜 웃음도 풀잎에 이슬이요, 지란芝蘭 같은 약속도 바람에 흔들리는 버들가지입니다. 당신은 내가 있어 더 누가 되고, 나는 당신이 있어 더욱 근심이 됩니다. …… 추우면 버리고, 더우면 따르는 것은 인정에 차마 할 수 없는 일이지만, 행하고 그치는 것은 사람 마음대로 할 수 없는 것이고, 헤어지고 만나는 것도 운수가 따르는 것입니다. 청컨대 부디 헤어집시다."

마침내 이들 부부는 각기 아이 둘씩 맡고는 헤어진다는 이야기다. 물론 이 이야기는 누군가가 지어낸 이야기요, 또 꿈속의 이야기다. 하지만 이 세상 그 어떤 이야기도 현실을 반영치 않은 게 없다.

황혼이혼은 어제오늘만의 얘기가 아니라 일천 수백 년 전 신라시대에도 있었던 모양이다. 하기는 '동물의 세계'를 보면, 나이 들고 힘이 빠진 수컷들이 암컷에게 따돌림을 당하고 외톨이로 살아가는 모습을 화면을 통해 볼 수 있는데, 사람 또한 동물이니까 그 범주를 벗어날 수 없을 게다. 다만 그동안 윤리 도덕이 부부 사이를 쇠사슬로 묶어 이런 일들이 크게 드러나지 않았지만, 이제는 윤리 도덕리라는 사슬로 부부 사이를 묶어 가정을 지킬 수 있는 시대는 이미 지난 듯하다.

황혼이혼의 요인   최근 우리나라에 황혼이혼이 부쩍 늘어난 데는 여러 가지 요인이 있다. 민주화의 여파로 여성의 권익이 크게 늘어났고, 여성들의 사회진출이 두드러져 생활능력이 향상됨과 아울러, 남성들의 조기 퇴직에서 오는 경제력 상실 등, 그밖에도 많은 요인이 있을 것이다.

나는 주택구조에도 황혼이혼의 원인이 있다고 생각한다. 요즘은 우리나라 전 가구 절반 이상이 연립주택이나 아파트에서 살고 있다. 대부분 연립주택이나 아파트는 좁은 공간인데, 그곳에서 나이든 부부가 24시간 함께 생활한다는 것은 웬만한 부부애나, 또는 도를

어느 할머니의 뒷모습

닦지 않고서는 금실 좋게 지내기가 힘들 것이다.

내 어렸을 때 할머니는 "사내는 그저 아침밥을 한 술 먹고 밖에 나갔다가 해거름 때 돌아와야 한다"는 말씀을 자주 하면서, 사내들은 가능한 집안에서 좁쌀 같은 일에 끼어들지 말라고 경계하셨다.

지난 봄, 한 대학병원 대기실에서 자원봉사를 하고 있는 한 초로의 여성이 속내를 솔직히 늘어놓았다. 그는 남편이 직장을 나갈 때는 몰랐는데, 퇴직한 뒤 집안에 머물면서 세세하게 잔소리를 늘어놓자 미칠 것만 같아 이제는 자기가 집밖으로 돌 수밖에 없다고 말했다. 다행히 그 여성은 남편 대신 자신이 집밖에서 사회봉사활동을 하면서 삶의 보람을 찾음과 아울러 가정을 굳건히 지켜가고 있었다.

뙤약볕 아래 서로 사랑을 확인하는 젊은이들(암스테르담 유람선 위에서)

사실 남녀가 연애시절이나 신혼 초에는 하루 종일 같이 있어도 아쉬워 헤어지자마자 곧장 전화를 하거나 메일을 보내고, 또 다시 만나 정열을 불태우곤 한다.

유럽 기행 중 네덜란드 암스테르담에서 유람선을 탔더니 옆자리에 앉은 파란 눈의 젊은이 한 쌍은 언저리 경치 구경보다 뙤약볕이 내리쬐는 가운데에도 서로 부둥켜안고 사랑을 확인하는 데 정신이 없었다. 벨기에 브뤼셀 그랑플라스 광장에서는 훤한 대낮에도 젊은 남녀들이 서로 상대방 허리를 껴안고 언저리 사람들의 시선에 전혀 개의치 않은 채 진한 러브신을 연출하고 있었다.

이런 장면은 이미 우리나라에도 상륙하여 버스에서도, 지하철에서도, 캠퍼스 잔디밭에서도 부둥켜안고 있는 남녀들을 쉽게 볼 수 있다. 젊은 날은 남녀가 눈에 콩깍지가 씌어서 상대의 장점만 보이기에 하루 24시간 같이 있어도 시간이 모자랄 게다. 그래서 금세 헤어지고도 곧 손전화의 번호를 누른다.

하지만 나이가 들고 어깨도 다리도 힘이 빠지면 보이지 않았던 상대의 단점이 하나 둘 드러나기 시작하고, 거기다가 술이나 담배에 찌든 냄새, 늙음에서 오는 역겨운 냄새 등이 폴폴 풍기면, 그동안 아무리 사랑했던 부부 사이일지라도 같이 지내는 시간이 점차 싫어지게 마련이다. 이럴 때일수록 부부는 한 공간에서 지내기보다 조금 떨어진 거리에서, 시간으로는 이따금 만나는 게 피차 정신 건강에 매우 좋을 것이며 황혼이혼을 방지하는 비결일 것이다.

부부 각자 공간의 필요성　　　며칠 전, 우리 고장에서 전원주택을 지어 분양 겸 사후 관리도 하는 이를 만났더니 재미있는 이야기를 하였다. 말인즉, 전원주택 택지 분양을 계약할 때는 부부가 같이 와 집을 지은 뒤 주말이나 휴가철에 함께 내려와 전원생활을 하겠다고 한단다. 하지만 막상 집을 다 지은 뒤에는 부부가 같이 오는 때보다 따로따로 교대로 와 며칠씩 쉬어가는 경우가 훨씬 더 많다고 했다.

　이는 아마도 부부가 도시 아파트에 살면서 날마다 부딪치는 스트레스를 혼자 별장에 와서 조용히 풀고 간 모양이라고 풀이했다. 그는 오늘날의 연립주택이나 아파트생활이 전통가옥에서 생활하는 것보다 부부간 더 많은 스트레스를 준다고 했다. 그러면서 옛날 우리네 본채와 사랑채가 떨어진 전통가옥이 부부간의 스트레스를 줄이는 구조라는 전문가적인 해석을 했다.

　지난날 전통가옥에서는 부부가 어느 정도 나이가 들면 본채와 사랑채에서 따로 기거를 하고, 손님조차도 따로 만나기에 아무래도 서로의 생활을 엿보거나 간섭하는 일이 적었다. 그리고는 다 쓰러져가는 내 집

안흥 집

의 본채와 아래채 흙집 구조를 매우 찬미하고 돌아갔다.

　내 집을 둘러보고 간 한 친구는 뒤늦은 '산중 밀월생활'을 한다고 부러워했지만, 사실 우리 부부는 하루에 두어 차례_{주로 밥 먹는 시간}에만 얼굴을 마주할 뿐이다. 각각 본채와 아래채에서 자기 일에 골몰하고 산다. 나는 특히 여기저기 퍼질러놓는 좋지 못한 습성이라 만일 한 공간에서 지낸다면 그때마다 아내는 잔소리를 할 것이고, 그러면 피차 스트레스가 엄청 쌓일 것이다. 누추한 흙집. 내 글방이 나에게는 극락이다. 하지만 이 극락생활도 그 언제까지 이어질지는 모를 일이다.

　부부가 늙을수록 좁은 공간에서 서로 부딪치지 않고 사는 게 부부 해로의 비결이 아닐까. 모든 게 다 그렇지만 주住생활도 편리하게 사는 것만이 좋은 건 아닐 것이다. 우리는 '문명', '개발', '편리', '재테크'라는 이름으로, 우리 삶에 소중한 것을 잃어가면서 사는 것은 아닐까. 이즈음 스트레스를 몹시 겪고 있는 부부는 과감히 주택 구조를 바꾸는 방법도 더 큰 불행을 막는 슬기로움이리라.

09. 7.

집, 그리고 나

하숙생

인생은 나그네 길　　내가 살아가면서 가장 괴로운 때는 모임에서 노래를 지명 받았을 때다. 나는 음치로 노래 한 곡 매끈하게 뽑지 못한다. 사회자가 굳이 한 곡 부르기를 강요당할 때는 하는 수 없이 흥얼거리는 노래가 가수 최희준이 불렀던 '하숙생' 이다. 이 노래는 대체로 높은 음정이 없고 가사도 마음에 든다.

> 인생은 나그네 길 어디서 왔다가 어디로 가는가
> 구름이 흘러가듯 떠돌다 가는 길에
> 정일랑 두지 말자 미련일랑 두지 말자
> 인생은 나그네 길 구름이 흘러가듯
> 정처 없이 흘러서 간다.

아내는 매주 하루씩 횡성여성농업인센터에 나간다. 벌써 7년째 농촌여성들에게 천연염색이나 바느질을 가르쳐 주고 있다. 아내가 퇴근할 때면 이따금 여러 가지 먹을거리와 이런저런 세상이야기도 차에 실어온다.

얼마 전 아내가 예사 때보다 늦게 퇴근하였는데, 귀갓길에 원주 우산동에 시공 중인 한 아파트 단지를 둘러왔단다. 아내의 말로는 최근 몇년 새 지방도시 아파트에 미분양사태가 속출하자 특별 분양대책을 내놓은 바, 분양가의 20퍼센트를 웃도는 '내 집 마련지원금' 에다가 취득

세와 등록세 50퍼센트 감면, 중도금 은행대출 전액 무이자, 양도소득세 5년간 면제, 가전제품 무상제공 등, 매우 파격의 조건인데다가 아파트 바로 앞이 산으로 매우 조용하다고 했다. 그러면서 다음날 별일이 없느냐고 묻고는 함께 현장을 둘러보자고 했다.

나는 아내의 말에 큰 충격을 받았다. 평생 아파트의 '아' 자도 모른 채 청약통장이니, 아파트 분양이니, 그런 말이 뭔지도 모르고 오로지 단독주택에서 살아온 우리 부부에게도 마침내 아파트생활이 눈앞에 다가오게 될 것 같은 예감 때문이었다. 마침내 '올 것이 왔다' 라는 뜨끔한 생각이 퍼뜩 머릿속에 스쳤다.

'내 늘그막에 무슨 복이 많아 아름다운 강원도 두메산골에 둥지를 틀고는 분수에 만족하며 살고 있는데, 느닷없이 아파트로 가자니… 카사도 이미 자유생활에 젖었는데 그 녀석은 어찌할 것인가…'

아내의 말   사실 지금 내가 살고 있는 안흥 집은 우리 부부 소유가 아니다. 폐가 직전의 집은 거저 얻어 보수해서 쓰고 있고, 대지와 딸린 텃밭은 이 마을 토박이의 것으로 해마다 도지로 쌀 두 가마니 값을 치른다. 처음 이 마을에 내려올 때는 과연 잘 적응할지 몰라 빌려 왔지만 살고 보니까 살기 좋은 고장이라 내 이름의 집이나 땅도 조금 가질까 생각도 했으나 아내가 극구 반대했다. 아내의 반대에는 드러내고 말하지 않았지만 깊은 뜻이 담겨 있었다. 농사도 제대로 짓지도 못한 사람이 땅을 가지면 농사보다 땅값에 관심을 기울이는 투기꾼이 되고, 그러면 글을 쓴다는 이가 가진 자의 처지에서 세상이나 사물을 보게 되리라는 염려 때문이었을 것이다. 사실 도시의 가진 사람들이 온갖 편법, 불법을 동원하고, 거기다가 교묘하게 위장 전입을 하여 온 국토를 투기장으로 만들지 않았는가.

이튿날 아내와 함께 원주 시내에 있는 모델하우스와 아파트 건설 현장을 둘러보았다. 아내가 마음속에 점찍은 아파트는 가장 작은 평수인데다가 정남향이고, 바로 앞이 산으로 매우 고심하고서 고른 듯했다. 하지만 나는 선뜻 거기로 가고픈 마음이 일지 않았다.

우리 부부가 이 마을에서 아직 이삼 년은 더 살 수 있는데, 아내가 굳이 앞당겨 거처를 옮기려는 까닭을 들어보니 크게 세 가지였다.

첫째로 내 건강을 고려했다. 지난해 연말 딸의 주선으로 우리 부부가 생후 처음 한 보험회사에 '100세 건강보험'을 드는데, 건강검진 결과 아내는 별말 없이 계약이 체결되었으나 나는 두 차례나 퇴자를 맞았다. 거기다가 최근 이런저런 잔병으로 병원에 자주 드나들었다. 더욱이 올여름 안중근 의사 유적지를 답사하고자 출국 준비 중 별안간 가슴통증으로 끝내 무산되자, 아내는 적이 충격을 받은 모양이었다. 그래서 그동안 나 몰래 큰 병원이 가까운 곳을 거처로 물색 결과 마침 그 아파트와 멀지 않은 곳에 원주기독병원이 있었다.

둘째는 우리가 살고 있는 안흥 집은 봄에서 가을까지는 살기가 좋아도 겨울나기가 여간 힘들지 않았다. 강추위와 겨울가뭄 때문이다. 본채에는 심야보일러 난방을 하였지만 난방호스가 실내에 골고루 다 깔리지 않아 몹시 추웠다. 거기다가 해마다 반복되는 겨울가뭄은 여간 고역이 아니었다. 산골에서 물을 사먹거나 화장실 사용도 마음대로 못하고, 빨랫감은 모아 차에 실고 서울에 가서 빨아왔다. 군으로 면사무소로 가서 알아봐도 지대가 높은 데다 주민이 적어 당분간 상수도 계획이 없다고 했다.

셋째는 서울에 사는 아이들이 산골 동네로 오기도 불편하거니와 그들이 와서는 하룻밤 편히 쉴 수 있는 공간도 없다는 점이다. 그밖에도 지금은 아파트 미분양이 속출하는 특별 분양기간으로 값도 쌀뿐더러, 우리의 재정 형편에도 맞고, 이만한 아파트를 서울에 장만하려면 최소한 네댓 배는 더 줘야한다면서 나를 간곡히 설득했다.

공수래공수거　　　나는 아내의 얘기를 한 귀로 흘리며 머릿속으로는 카사와 함께 이 마을에 살아갈 궁리만 했다. 다행히 전주인은 아직 전 가족이 이사 올 형편이 아니라, 우선 친정어머니가 거처하기로 했다는데 본채만 써도 충분하다고 했다. 그렇다면 아래채 내 글방은 그대로 쓸 수가 있을 듯했다. 내가 그런 뜻을 말하자 전 주인이 쉽게 승낙해 주었다. 그런데 가장 큰 문제는 아래채에 부엌시설과 화장실이었다. 곰곰생각해 보니 아래채 내 글방 한편에 수도를 끌어들여 싱크대를 놓고, 화장실은 그동안 폐쇄해둔 재래식 화장실을 살려 쓰면 될 듯하였다.

"당신은 아파트로 가 사시오. 나는 당분간 카사와 안흥 집에서 그대로 눌러 더 살겠소."

아내는 내 말을 듣고는 세상물정을 모르는 '간 큰 남자' 라고 했다. 이즘 이사 갈 때 남편들이 별거당하지 않으려고 이삿짐 트럭 운전사 옆

안흥으로 내려온 첫해 겨울 내 집과 안채의 고드름

자리에 먼저 앉거나, 강아지를 끌어안고 아내 눈치 보는 세상이라는데, 고양이와 같이 산골마을에 따로 살겠다니 보통 '간 큰 남자' 가 아니라고 볼멘소리를 했다.

내가 안흥으로 내려온 뒤 지방대학에서 학장을 역임한 한 친구가 물었다.

"너 무슨 재주로 부인을 꼬여 시골로 내려갔니? 내가 아는 한 지방 대학총장은 대학에서 관사까지 다 마련해 줬는데도 부인이 끝내 내려 오지 않아 홀아비생활을 하고 있는데."

"사실 우리 집사람이 그곳에다 먼저 둥지를 틀었어."

"그러면 그렇지. 아무튼 자네 부인 대단하다. 여성들은 대부분 도시 지향적이고, 시골로 가지 않으려고 해. 오죽하면 농촌총각들이 장가를 못 가서 외국인 신부를 맞이하겠나."

그 친구의 말이 빈 말이 아니라 사실이 그랬다. 다른 친지들도 비슷한 말을 했다. 사실 나는 시대에 여간 뒤떨어진 사람이 아니다. 특히 사는 집을 여기저기 옮겨 다니면서 재산을 눈덩이처럼 굴리는 사람이, 그런 세상이 도무지 이해가 되지 않았다. 그런 사람이 부자가 되고, 금배지를 단 의원이 되고, 나라의 지도자가 되는 세상은 내 상식으로는 이해할 수가 없었다. 이런 세상에 무슨 정의가 있겠는가.

서울 구기동 산동네 살 때도 아내가 그 집을 팔고 그 무렵 한창 개발 중안 잠실아파트로 가자고 했다. 나는 우리가 사는 동네가 경치도 좋고, 공기도 맑아 언젠가는 빛을 볼 날이 올 거라고, 아내의 제의를 한마디로 딱 잘랐다. 그 집을 30년 넘게 살고는 안흥으로 내려오는 바람에 할 수 없이 팔려고 내놓았는데, 자동차가 닿지 않는 집이라고 일 년이 넘게 끌다가 겨우 전세 값 정도 받고 팔았다. 끝내 그 산동네에서 빛도 못보고 떠나왔지만, 한편으로 생각하면 30년 넘게 잘 살고는 집을 살 때보다는 값을 더 받았다고 위안을 삼았다.

어느 하루 잠시 쉬는 시간 내가 자주 들리는 한 카페에 들리자 최희준의 '하숙생'이 흘러나왔다.

인생은 벌거숭이 빈손으로 왔다가 빈손으로 가는가
강물이 흘러가듯 여울져 가는 길에
정일랑 두지 말자 미련일랑 두지 말자
인생은 벌거숭이 강물이 흘러가듯
소리 없이 흘러서 간다

인생이란 불가에서 말한 "빈손으로 왔다가 빈손으로 가는 '공수래공
수거空手來空手去'"요, 이백李白이 말한 "천지라는 것은 만물의 여관이요,
세월은 영원한 나그네天地者萬物之逆旅, 光陰者百代之過客"가 아닌가. '인생은
벌거숭이 강물이 흘러가듯 소리 없이 흘러서 간다'라는 노랫말의 한
구절처럼, 더 이상 무슨 말이 필요하겠는가.

내 집 마당의 수세미

며칠 전 아내가 물었다.

"당신 이사 갈 거예요. 여기서 혼자 살 거예요."
"카사는?"
"내가 데리고 갈 거예요."
"그럼 나도 갈까?"
"마음대로 하세요."

아내의 매력은 젊으나 늙거나 앙탈 부리는데 있다고 한다. 피차 환갑이 넘은 나이에 생후 처음, 그것도 나를 위해 병원 가까운 곳으로 거처를 옮기려는데 남편이 세상물정을 모르는 벽창호 짓을 하니까 단단히 화가 난 모양이었다. 지구촌 곳곳에 홈리스들이 득시글거리는 세상에, 늙고 무능한 남편을 굳이 함께 살아주겠다는 새 둥지를 틀어준 아내가 그저 고마울 따름이다.

09. 9.

안녕, 안흥이여!

찐빵마을　　"선생님, 안녕하셔요? 오늘 슈퍼에 갔더니 안흥찐빵
이 눈에 띄기에 한 상자 사다가 아이들과 함께 쪄 먹으면서 고국 강원
도 안흥찐빵 마을에 사시는 선생님 얘기 많이 했어요."

미국 워싱턴 근교 메릴랜드 주 락빌Rockville에 사는 한 제자이미진가
보낸 메일이었다. 내가 살고 있는 안흥은 면소재지로 주민 삼천 명 정
도의 자그마한 고장이다. 하지만 이 고장의 명물 '찐빵'으로 그 이름이
전국은 물론 해외에까지 널리 알려져 있다. 오랜만에 만난 지인들이 나

감자꽃이 핀 안흥 산골

에게 어디 사느냐고 물으면 '안흥 찐빵마을'에 산다면 모르는 이가 거의 없다.

사실 나는 이 고장과는 전혀 인연이 없는 사람이었다. 굳이 그 인연을 억지로 갖다 붙이면 고교 다닐 때 집안형편상 학교를 휴학하고서 어머니와 함께 서울 계동 중앙학교 들머리 남의 처마 밑에서 찐빵을 만들어 판 적이 있었다. 또 한 번은 7~8년 전 내 인생의 스승인 김석관 씨 내외와 남설악 오색단풍을 구경하고 돌아오는 길에 그분들이 안흥찐빵 애기를 하면서 들러 가자고 하여 이 고장에 와 찐빵 몇 상자를 사간 적이 있었다.

막상 이 고장에 살아보니까 '안흥安興'은 지명 그대로 편안하고 흥겨운 고장이었다. 울창한 삼림 속에 마음씨 고운 사람들이 옹기종기 모여 사는 아름답고 살기 좋은 산골 마을이었다. 이곳은 사람이 살기에 가장 알맞다는 해발 500여 미터로 산수가 아주 빼어나다. 또한 이 고장에는 먹을거리도 매우 풍성하여, 안흥찐빵을 비롯하여 더덕, 한우, 옥수수, 고랭지배추 등의 맛이 아주 빼어났다.

울면서 왔다가 울면서 떠나다　　안흥은 백두대간 줄기인 매화산, 백덕산, 사자산 등의 산봉우리가 사방으로 병풍처럼 둘러쳐진 분지로 아늑하기 그지없는 아름다운 자연경관이다. 아직도 깊은 산 계곡에는 멧돼지와 고라니가 뛰놀고, 금강초롱꽃과 원추리가 지천으로 방긋이

갓 쪄 나은 안흥찐빵

미소 짓는 천연 동식물의 보고였다.

예로부터 안흥은 평창, 대화와 더불어 영서 중부의 이름난 장터로, 영동고속도로가 뚫리기 전에는 서울과 강릉을 잇는 버스들이 이곳에서 잠시 쉬어갔다. 그래서 안흥 장터 마을은 수많은 길손들이 요기를 하고 가는 길목으로 그 무렵 이곳 밥집들은 하루에 쌀 한 가마니 이상 밥을 지었다고 한다. 그러다가 영동고속도로가 이곳을 비켜가자 급격히 쇠락해버린 고장이지만, 아직도 인심이 좋고 맛깔스런 음식은 그때의 명맥을 잇고 있다. 최근에는 '안흥찐빵'이 국민의 찐빵으로 사랑받아 다시 지난날의 영화를 되찾고자 주민들이 정성을 쏟고 있다.

나는 2004년 3월 학교에서 퇴임식을 가진 뒤 이삿짐을 꾸려 전재고개를 넘어 올 때는 이 고장 풍토에 적응하면서 살 수가 있을지 불안했다. 솔직히 유배 가는 심정으로 속눈물을 흘렸다. 다행히 이웃들이 친절하게 살펴줘 마치 내 고향 같은 편안한 마음으로 이 고장에서 잘 살았다. 틈틈이 이 고장 구석구석을 누비며 산수를 카메라에 담고 여러 사람들에게 많은 이야기도 들었다. 그러면서 꽤 많은 글도 썼다. 짧은 인생에 6년 가까이 이 고장에서 살았다면 내 전생에 분명 이 고장과 인연이 있을 것이다.

하지만 이 가을 우리 집 마당에 노란 국화가 된서리에 지는 날 우리 부부는 전재 고개를 넘어 이 고장을 떠날 것이다. 이 고장을 사랑했고, 울면서 왔다가 울면서 떠난다는 말을 남기며, 내가 살아있는 한 이 고

내 집에서 바라본 장터 마을

찐빵 축제를 앞둔 안흥 장터마을

장에서 보고 느낀 것들을 계속 글로서 그릴 것이다.

가야 할 때가 언제인가를
분명히 알고 가는 이의
뒷모습은 얼마나 아름다운가.

봄 한 철
격정을 인내한
나의 사랑은 지고 있다.

분분한 낙화……
결별이 이룩하는 축복에 싸여
지금은 가야 할 때.

– 이형기 '낙화'

안녕, 안흥이여!

사람 위에 *사람* 있다

한 사람의 독자를 위하여　　　연초에 내린 많은 눈은 강추위를 몰고 왔다. 내가 살고 있는 강원 영서 일대는 다른 지방보다 더 춥다. 엊그제 내가 6년을 살았던 횡성군 안흥면은 영하 30도로 내려갔다는 보도가 있자 몇몇 친지들이 아직도 내가 그 마을에 사는 줄 알고 안부 전화가 오고, 원주로 이사한 줄 아는 분들은 이 추위에 미리 아파트로 이사해서 따뜻하고 편케 지낸다며 덕담을 하는 분도 있었다.

　안흥에서 원주로 이사한 지 아직 두 달이 채 못 되었다. 하지만 나는 아직 헤매고 있다. 지난해 크리스마스 날 이른 아침에 워싱턴에 사시는 한 동포로부터 전화를 받았는데 이사 이후 안부가 궁금해 전화하였다고 하면서 30여 분 이런저런 얘기들을 물었다. 그분은 내가 고교시절 가정 사정으로 학교를 그만두고 계동 중앙학교 앞에서 찐빵 장사한 전력까지 들추면서 안부를 묻는 데는 고마운 마음 이상으로 감동치 않을 수 없다. 작가는 한 사람의 독자를 위해 쓴다고 한다. 그분들에게 새해 인사와 아울러 근황을 전해 드린다.

　지금 내가 사는 곳은 원주의 새 아파트단지로 지난해 11월 16일에 이사를 왔다. 나는 고소공포증이 있기에 처음 이 아파트를 계약할 때는 4층을 선택했으나 현장 답사 뒤 5층으로 바꿨다. 아파트 앞 상가가 시야에 가려 한 층 더 올라갔다. 나나 아내나 태어난 이후 첫 아파트생활이다.

원래 나는 촌놈으로 서울에서도 뒷산에서 나무를 해다 때거나 수도도 들어오지 않아 지하수를 끌어다가 먹는 곳에서 뒷산 빈 터에다 남새를 심어 먹으며 살았다. 그 뒤 내가 살던 동네도 지금은 많이 개발되었지만 퇴직 후 나는 그곳을 떠나와 강원도 횡성 안흥산골 마을로 떠났다.

그곳에서 여섯 해를 보내고 이 아파트로 이사를 왔는데 다행히 내 방에서는 산이 빤히 보이는 양지 바른 곳으로 도시 아파트마을치고는 비교적 언저리가 쾌적한 편이다. 하지만 나는 이즈음 내 영혼이 붕 떠 있는 기분으로 집중력이 떨어져 아직도 헤매고 있다. 지난해 10월 26일 안중근 장군 의거일 날 속초항을 떠나 자루비노, 블라디보스토크, 우수리스크를 거쳐 하얼빈, 채가구, 장춘, 대련, 여순까지 다녀왔건만 아직 답사기는 자루비노로 가는 동춘호 선상에서 머물고 있다.

지난해 12월 8일에는 목욕탕을 가다가 자동차에 부딪쳤다. 저물녘 길을 건너다가 중앙선을 넘어 돌진하는 차에 부딪쳤는데 하늘이 도운 탓으로 전치 2주 경상으로 끝났다. 운전자가 급히 브레이크를 밟아 무사했다. 그는 차에서 뛰어내려 길바닥에 쓰러진 나를 감쌌는데 그의 가슴에서 마구 뛰는 심장의 맥박이 내 어깨로 전달되었다. 어쩔 줄 몰라 당황하는 그에게 말했다.

"불행 중 다행이요. 브레이크를 재빨리 밟아줘 고맙소."

그도 119 구급대원도 보험사 직원도 의사도 입원을 권유했지만, 마침 아내가 먼 길을 떠난 때라 집에 혼자 있는 카사가 저녁을 굶고 기다린 것이 떠올라 상처에 붕대를 감고 요대를 한 뒤 집으로 돌아왔다. 카사는 영문을 알았는지 반갑다고 내 품에 마구 파고들었다.

원주경찰서 교통조사계에서 피해자 조사를 받았다. 담당 경찰관이 학교 앞 사고와 중앙선 침범은 무조건 구속감이라고 하면서 처벌을 묻기에 문득 내 아들이 생각나 처벌을 원치 않는다고 말했다. 나중에 보험사에서 피해 보상을 해 주는 데 입원환자가 아니라고 일용근로자 수준의 보상을 받았다. 고양이 때문에 입원치 않고 통원 치료했다면 별 미친 사람이라고 믿어주지 않을 거다. 하지만 교통사고를 당하고도 목발 짚지 않고 다닐 수 있는 게 얼마나 축복인가. 아마도 아직 좀 더 일하라고 하늘은 경고만 주시는 것 같다. 아무튼 고마운 일이다.

사람 위에 사람 있다　　요즘 잠자리에 들면 "사람 위에 사람 있다"는 말이 자주 떠오른다. 내 방 아래 4개 층이나 있고, 내 방위로 10개 층이나 더 있다. 그야말로 "사람 위에 사람 있고, 사람 밑에 사람 있다"다.

아버지 삶의 궤적을 좋아하는 자식보다 싫어하는 자식이 더 많은 걸로 아는데, 나도 후자다. 하지만 내 아버지의 어지러운 삶의 길에서 한때는 진보인사로 몸담으신 것만은 높이 평가하고 싶다.

1958년 골수 여당 텃밭인 고향 구미에서 제4대 국회의원에 출마하면서 애초에는 진보당 공천으로 나오려고 하다가 당시 진보당 조봉암 당수가 간첩으로 몰려 사형 당하고, 진보당이 해산되는 바람에 민주당 공천으로 입후보했다.

내가 살고 있는 원주의 한 아파트단지

　6명 후보자 가운데 4위로 참패했지만 그때 아버지가 내세운 구호가 "사람 위에 사람 없고, 사람 밑에 사람 없다"였다. 그 구호는 득표와는 별 관련이 없는, 아니 오히려 역효과였지만 그래도 많은 사람들에게 각인되었는지 지금도 초등학교 친구들을 만나면 그 구호를 되새겨 준다.

　안흥에서 원주로 이사를 할 때 포장 이사를 했는데, 이른 새벽 다섯 분의 일꾼들이 와서 이삿짐을 날랐다. 그날 이사를 마친 뒤 품삯으로 모두 55만 원을 주었는데, 그분들은 하루 품값으로 6만 원을 받는다고 했다. 곁에서 지켜보니까 이삿짐 나르는 게 보통 힘 드는 게 아니었다. 그마나 일감이 한 달 내도록 있는 것도 아니고, 설사 한 달 내도록 있어도 힘에 겨워 일할 수 없다면서 한 달에 20일 정도 일한다고 했다. 우리 내외는 그날 그분들에게 마실 물을 넉넉히 준비해 드리고 점심을 대접했더니 매우 고마워했다.

그 무렵 한 프로야구 선수는 일본의 구단으로 옮겨가면서 3년 몸값으로 70억 원을 받는다는 보도였다. 일당으로 치면 일당 품꾼과 그 선수는 몇 배나 차이가 나는지 계산에 서툰 나로서 얼른 정답이 나오지 않지만, 이게 우리 사회의 한 단면이다. 분명 우리 사회는 사람 위에 사람 있고, 사람 밑에 사람 있다. 날이 갈수록 아파트 층수가 높아지듯이 사람의 값도 격차가 벌어지고 있다.

일찍이 공자가 말했다. "나라를 다스리는 사람은 고르지 않음을 걱정해야 된다"고. 하지만 위정자들은 무한경쟁, 신자유주의를 이 시대를 사는 진리인 양 내세우자 백성들의 빈부의 격차가 날로 커져가고 있다. 마치 나날이 고층 건물이 하늘 높은 줄 모르게 치솟는 것처럼. 이러다가는 우리 모두가 함께 무너져 내리는 하늘의 벌이 내리는 날이 올까 두렵다. 우리 사회를 부패시키고 어지럽혔다. 이미 남태평양의 어느 나라에서는 해수면 상승으로 국토가 잠긴다고 울부짖고 있는 오늘이 아닌가.
새삼 아버지가 젊은 날 부르짖었던 "사람 위에 사람 없고, 사람 밑에 사람 없다"라는 그 말이 이 세상을 구하는 복음처럼 들린다.

10. 1.

이제 빚지면 갚을 날이 없어요

김치를 잘게 썰다   아내는 늘 나에게 교육을 한다.

"이제 세상도, 시대도 바뀌었으니까 며느리나 딸에게 밥 얻어먹을 생각은 아예 하지 말고, 당신 밥은 스스로 챙겨먹는 자립생활을 하세요."

아내는 말로만 교육을 하는 게 아니라 자주 실습을 시키기도 한다. 당신 나들이 할 때가 내 실습기간인데, 그래도 아내는 미리 반찬은 다 준비해 두고, 밥도 해두거나 전기밥솥에 스위치만 켜면 되도록 해 놓는다.

며칠 전 혼자 점심을 차려먹으려는데 갑자기 김치볶음밥을 해 먹고 싶었다. 그래서 김치를 꺼내 도마 위에 놓고는 예사 때보다 칼로 아주 잘게 썰었다. 그것은 이즈음 내 잇몸과 이빨에 통증이 생긴 탓이다. 도마에 김치를 잘게 써는데 갑자기 아버지 생각이 떠올라 울컥 눈시울이 뜨거웠다.

부산에 사시던 아버지가 돌아가시기 전에 서울 내 집에 오시면 매끼마다 아내에게 일렀다.

"어멈아, 김치를 잘게 쫑쫑 썰어다오."

아내는 시아버지 분부대로 김치를 잘게 썰어 다른 그릇에 담아드렸다. 그러면 아버지는 다시 대접을 달라 하시고서는 거기다가 잘게 썬 김치와 밥, 김 등을 넣은 다음 맛있게 비벼 드셨다. 헤아려보니 그때 아버지 나이가 꼭 지금 내 나이다. 어쩌면 사람은 미워하면서도 닮아간다는 말이 왜 이렇게도 꼭 들어맞는지 모르겠다.

나는 평소 익힌 솜씨로 프라이팬에다 참기름을 넣고는 잘게 쓴 김치와 밥을 넣고 거기다가 김, 그리고 날계란까지 깨트려 넣어 비빈 뒤 대접에 옮겨 맛있게 들었다. 밥을 먹은 뒤 소금물로 양치질을 했지만 잇몸 통증이 멎지 않아 아무래도 치과에 가봐야겠다고 서울 목동에 있는 단골 연세치과의원에 전화를 걸자 간호사가 반겨 받으며 다음날로 예약을 주었다.

사실 나는 건강관리에는 낙제생이다. 그런데도 큰 병 없이 오늘까지 지내온 것은 오로지 부모님에게 감사할 일이다.

이빨이 부서지다   서울을 떠나 강원도로 내려온 이듬해 여름, 우리 가족이 삼척 갈남마을로 피서를 갔다. 주인은 귀한 손님이라고 손수 뗏목을 타고 바다로 나가 전복, 홍합, 소라 등 해산물을 한 바구니 잡아와서 곧장 밥상에 올렸다. 나는 그 가운데 큼직한 홍합을 입에 넣고 씹는데 '우직' 소리가 났다. 씹은 것을 뱉어보니까 자그마한 돌과 이빨 부서진 조각이 나왔다.

그때부터 치통을 자주 앓게 되었는데 어느 하루는 통증이 몹시 심해 그 무렵 내가 살던 안흥에서 가까운 횡성읍의 한 치과에 갔다. 치과의사는 내 이를 살피더니 곧 몽땅 뽑고는 틀니를 하자고 했다. 나는 그 말에 매우 큰 충격을 받았다.

'내가 벌써 틀니를 할 나이인가?'
'내 이빨이 그렇게 삭아버렸나!'

　나는 의사에게 집에 가서 생각한 뒤 결정하겠다고 하고서는 응급처치만 받고 돌아왔다. 나는 거울을 통해 내 이빨을 보면서 깊은 충격과 고뇌에 빠졌다. 우선 당장의 고통에 벗어나기 위해서는 의사 말대로 뽑고도 싶었지만 아프지도 않는 생니까지 몽땅 뽑는 일에는 수긍이 가지 않았다. 그래서 수첩에서 오랜 단골 치과를 찾아 전화로 예약을 하고는 서울로 달려갔다.

　나는 젊은 날부터 이빨이 좋지 못했다. 1970년대부터 드나들기 시작한 단골 치과 김성욱 원장은 늘 삭은 이를 뽑아 새로 의치를 해 넣기보다는 되도록 본래의 이를 치료하여 살리는데 주력하는 분이라 늘 그 점이 마음에 들었다.

　김 원장은 오랜만에 내 이빨을 보고는 "쓸 수 있는 한 치료해 써 보자"고 잇몸치료와 이빨치료를 정성껏 해 주었다. 그래서 그날 이후로 치과 진료만큼은 강원도에서 먼 거리임에도 꼭 서울 목동 단골치과에서 진료를 받고 있다.

인도네시아 여행길에서 담은 열대화

어쩔 수 없이 빚진 날　　김치볶음밥을 먹은 다음 날, 치과에 갈 때 이제는 김 원장이 나에게 틀니를 해야 한다고 해도 별 수 없다고 미리 마음속으로 작정했다. 그리고선 담담히 진료를 받는데 김 원장은 6년 전과 똑 같은 말을 했다. 그런 뒤 아주 알뜰하게 치료를 해 주고는 잇몸치료가 끝난 뒤 그 부분만 의치를 하자고 친절히 말해 주었다. 진료를 끝내고 처방전을 받으면서 진료비를 묻자 간호사가 원장님이 강원도에서 멀리 오셨는데 받지 말라고 했다며 끝내 받기를 거부했다.

다음 일정은 상암동에 있는 한 출판사에 들르는 일이다. 약속시간이 촉박해 약국에 가는 일을 미루고 곧장 출판사로 갔다. 지난번에 나온 책의 인세 정산과 새로 나올 책에 대한 의견을 나눈 뒤 돌아오는데 굳이 출판사 이규상 대표가 1층 현관까지 배웅을 했다. 그때 갑자기 소나기가 퍼부었다. 이 대표가 손전화로 직원에게 우산준비를 시키는데 마침 바로 앞에 한 약국이 보였다. 잠깐 기다리는 새 처방전 조제를 해야겠다고 들어가자 흰 가운을 입은 약사가 커다란 눈의 동공이 더욱 커지면서 소리쳤다.

　"어머! 박도 선생님 아니세요?"

　"너 미영이지?"

　"어머, 여태 제 이름을 기억하시네요."

　"그럼, 너 이대후문 봉원동 종점에 살았잖아. 꺽다리였고."

　"제가 1985년에 졸업했으니 그새 25년이 지났습니다. 그런데도 저를 기억해 주시고. 선생님 옛 모습이 하나도 안 변했어요. 목소리도 그대로고요."

　"그럴 리가."

그는 처방전에서 내 이름을 새삼 확인하고는 정말 옛날 국어선생님을 만나 기분 좋은 날이라고 좋아했다.

"꼭 티브이프로를 본 것 같습니다."

약사 곁에서 보조하는 아가씨가 말했다. 이미영 약사는 잠깐 동안 동창들의 소식, 자기 남편과 아이 이야기까지 했다. 그때 출판사 직원이 우산을 가지고 왔기에 약봉지를 받으며 약값을 치르고자 돈을 꺼냈으나 한사코 받기를 거부했다. 나는 출판사 직원에게 최근에 펴낸 〈영웅 안중근〉을 이 약사에게 전해줄 것을 간곡히 부탁하고는 원주로 내려왔다.

귀가 후 아내에게 그날 있었던 일을 얘기하자 한 소리했다.

"이제 빚지면 갚을 날이 없으니 빚지고 살지 맙시다."

그래서 내가 곧장 아내 입막음을 했다. 제자에게는 이미 책 한 권을 전해 주었으며, 목동 치과에는 당신이 부탁해 횡성농민회원이 유기농으로 농사지은 옥수수 한 상자를 보내주자고.

그 이야기를 전해들은 아들이 물었다.

"아버지, 출판사에는 책값을 치르셨나요?"
"그럼, 원주로 내려온 뒤 곧장 인터넷뱅킹으로 보냈다."

며칠 후 이미영 약사에게서 전화가 왔다.

"선생님, 저 지금 막 블라디보스토크에서 하얼빈으로 가는 열차를 타고 있어요. 선생님 덕분에 안중근 의사를 뒤따라 일백년 전 러시아와 중국 여행 잘 합니다. 고맙습니다."

10. 7.

설악산의 산목련

옛 전우의 소식을 듣다

동창회 명부를 구입하다　　　서너 달 전, 모교 동창회 사무실에서 전화가 왔다. 사무실 아가씨는 친절하게 동창회명부를 발간하는데 나의 주소와 전화번호를 확인한다고 했다. 나는 그가 묻는 대로 대답을 해 주었는데, 마무리 말로 동창회 명부 구입 의사를 물었다. 나는 단호하게 구입치 않는다고 대답하고는 전화를 끊었다.

평생 주변머리 없이 산 탓으로 30년을 넘게 외골로 교단에 섰지만 평교사로 명예 퇴직한 못난이가 이제 와서 총동창회명부가 무슨 필요가 있겠는가. 더욱이 삶의 근거지였던 서울조차도 떠난 처지가 아닌가.

사실 그 언제부턴가 우리 사회는 동창회의 순기능보다 역기능이 더 많았다. 정계, 관계 등 사회 전 분야에서 혈연, 지연, 학연, 문벌 등이 얽히고설키어 우리 사회를 어지럽혔다. 이런 연고주의가 우리 사회를 병들게 하고, 마침내 나라까지 망하게 했다. 그런데도 우리나라 권력 상부층에는 여전히 전근대적인 연고주의가 판치고 있다. 이런 사실을 이미 꿰뚫고 있는 나에게 총동창회 명부가 무슨 소용이 있겠는가.

그런데 한 달 전, 택배가 왔기에 포장을 뜯어보니 천만뜻밖에도 묵직한 동창회명부였다. 그리고 동창회사무총장 이름으로 된 동창회명부 구입 협조문과 지로 용지가 동봉되었다. 얼마간 갈등을 겪다가 수고한 후배의 노고를 생각해서 대금을 송금했다.

한 소대 전우로 만난 동창생　　　나는 남달리 고교를 4년 다녔다.
그 무렵 집안 몰락으로 1961년에 입학하여 1년 쉰 뒤 복학하여 1965
년에 졸업하였기에 모교 57회, 58회가 동기인 셈이다. 기왕에 받은 동
창회 명부에서 동문수학한 낯익은 친구 이름을 찾아보았다. 드문드문
친구들의 이름 뒤에 '작고'라고 표시되어 있었고, 해외에 거주하는 친
구들도 더러 있었다.

　나는 고교시절에 세 끼 밥 먹기도, 잠자리도 마땅치 않았다. 그런 나
에게 밥을 먹여주고 잠자리를 마련해준 친구들이 여럿 있었다. 고1 때
뒷자리에 앉았던 한 친구^{한의수}는 내가 도시락을 싸오지 않자 그 낌새를
눈치 채고 빵을 봉지에 담아 아무도 모르게 내 책상서랍에 넣어준 적도
있었다. 끝내 내가 가정형편으로 휴학하자 함께 울어준 친구도 있었다.
두 회의 동창회 명부를 더듬으며 이런저런 친구들의 추억을 되뇌는데
'김학수 작고'에 눈길이 멎었다.

　1969년 6월, 학훈단_{ROTC} 7기로 소정의 교육을 마치고 명령에 따라
가다보니 보병 제26사단 73연대 1대대 3중대 2소대장 직이었다.

　부임 첫날 연병장에서 소대원과 첫 상면 인사를 마치고 내 방으로 돌
아와 더블 백을 푸는데 한 소대원이 반가운 얼굴로 인사를 했다.

　"공격!_{사단의 구호} 저 김학숩니다."

　"김학수?"

　58회 동기동창이었다. 그는 건국대학교 국문학과 3학년을 다니다 입
대했다고 하였다. 당시에는 서울 출신으로 대학을 다니다가 전방 말단

소총부대 소대원으로 복무하는 경우가 매우 드물었기에 그에게 물었다.

"어쩌다가 여기까지 왔냐?"
"집에서 손을 쓰려는 걸 제가 만류했죠. 소대장님은요?"
"……."

그는 참 나를 편케 해주었다. 단 둘이 있을 때는 말을 높이지 말라고 해도 그는 한사코 거절했다. 그는 군복을 입은 한 그럴 수 없다고 말했다. 그는 이미 소대에서 '기재계'라는 직책을 맡고 있었다. 내무반장이 소대 내에서 학벌이 가장 높기에 임명한 모양이었다. 기재계란 주로 근무자 명단 작성과 소대 보급품 관리 책임자였다.

그는 나에게 단 한 번도 소대원의 나쁜 이야기를 전해 준 적이 없었으며, 나는 그에게 단 한 번도 특혜를 준 적이 없었다. 오히려 소대 보급품 지급이나 잠복근무에 불이익을 받았지만 그는 늘 흔쾌히 감수했다.

10여 개월 한 소대에서 같이 지내다가 내가 대대 직할 탄약작업소대장CAP으로 보직을 옮기는 바람에 서로 헤어지게 되었다. 나는 1971년 6월 30일 만기 제대했고, 그는 줄곧 같은

부대 내무반 방호벽 뒤에서 김학수 일병 (왼쪽)과 박도 소위(1970)

소대에서 근무하다 만기 제대했다. 제대 후 그가 용케 내가 근무한 학교로 전화했다. 우리는 신촌의 한 대폿집에서 만나 동창으로 돌아가 말을 놓으며 지난날의 회포를 풀었다. 그런 뒤 39년 만에 그의 소식을 이번 동창회 명부를 통해 알았다.

　뒤늦은 그의 부음에 깊이 고개 숙여 명복을 빈다. 아울러 그의 인품에 경의를 드린다.

10. 12.

기다리는 기쁨

모자를 쓰게 된 사연　　　지난해 봄 소설가 김원일 선생을 만나 뵙고자 양재역에서 내려 헤매는데 머리가 하얗게 센 진짜 '백수白首' 김 선생이 나를 먼저 알아보고 손을 내밀었다.

"여전히 모자를 쓰고 다니시는군요."

김 선생은 내가 모자를 쓴 이미지로 각인되었기에 아마도 지하철에서 쏟아지는 많은 사람 가운데 쉽게 찾은 모양이었다. 나는 늘 모자를 쓰고 다니기에 한두 번 만난 사람은 모자 쓴 내 모습을 연상하나 보다. 내가 외출 때마다 모자를 쓰게 된 사연은 이렇다.

1990년대 초, 학교에 있을 때 교내 백일장 장소 사전답사로 몇 선생님과 함께 경복궁에 갔다. 그때 한 선생님이 열심히 셔터를 눌렀는데 며칠이 지난 다음 내 책상 위에 스냅 사진이 몇 장 놓여 있었다. 나는 그 가운데 한 사진에서 내 눈을 의심할 만큼 놀람과 아울러 큰 충격에 빠졌다. 경회루를 바라보는 내 뒷모습 사진에서 머리 정수리가 백두산 정상처럼 머리카락이 없거나 듬성듬성한 걸 보았기 때문이었다. 그날 퇴근 때부터 버스를 타도 가능한 뒷자리에 앉았고, 가능한 언저리를 두리번거리지 않았다.

그 며칠 후 퇴근길에 모자가게를 들러 가죽으로 된 헌팅캡 모자를 사고는 그때부터 줄기차게 쓰고 다녔다. 막상 모자를 쓰고 다니니까 좋은 점이 많았다. 우선 내 정수리의 민둥머리 부분을 덮을 수 있었고, 겨울철에는 머리가 보온되는 이점이 있었다. 강원 산골로 내려온 뒤에는 남의 집 방문 때 두어 번 방문 위턱에 크게 부딪쳤는데 그때마다 모자를 썼기 망정이지 그렇지 않았다면 몇 바늘 꿰었을 것이다.

그 다음은 내가 멋을 부릴 공간으로, 그리고 내 이미지 트레이드마크로 삼고 싶었다. 박정희 대통령 하면 선글라스요, 처칠 수상하면 시가나 파이프를 연상케 하듯 말이다. 그래서 집 대문만 벗어나면 모자를 줄곧 썼고, 가능한 벗지 않았다. 해외 여행길에도 모자가게가 눈에 띄면 잠시 틈을 내 마음에 드는 걸 찾았다.

나는 옷이나 소지품은 비싼 것을 산 적이 별로 없지만 모자를 사는 데는 돈을 아끼지 않았다. 지금 내가 철마다 바꿔 쓰는 모자가 예닐곱 개 된다. 그 가운데는 뉴욕 맨해튼에서 산 모자도, 볼티모어 바닷가 모자가게에서 산 것도 있다.

산책은 건강 유지 비결　　　몇 해 전, 의사로부터 건강에는 걷는 것이 가장 좋다는 권고를 들은 후 거의 매일 산책을 하고 있다. 서울을 떠나 6년 가까이 안흥 말무더미산골에 살며 내 나름대로 개발한 산책 길은 세 갈래 길로 첫째 코스는 주천강 강둑을 한 바퀴 도는 길이요, 둘째 코스는 내 집에서 송한리 가는 산길이요, 셋째는 말무더미 동네를 한 바퀴 도는 길이었다.

원주로 이사 온 뒤에는 한동안 이곳저곳을 다니다가 단골로 정한 산책

안흥 말무더미마을의 오솔길도 나의 단골 산책로였다

귀마개가 달린 쉰팅캡

길은 치악산 구룡사 가는 숲길이었다. 집 동네에서 시내버스를 타고 종점에서 내린 다음 구룡사 숲길을 걸으면 아름다운 숲과 계곡 그리고 새들의 노래를 들을 수 있고, 금세 맑은 공기로 몸과 마음이 가뿐해진다.

며칠 전, 산책길을 나서는데 바깥 날씨가 영하로 매우 찼다. 이런 날은 오리털파카에 체크무늬 헌팅캡을 쓰는 게 좋다. 버스에 내려 구룡사 길을 오르는데 눈바람에 귓바퀴가 시렸다. 곧장 모자를 벗어 귀마개를 내리니까 곧 귀가 따뜻해졌다. 찬 공기로 코에서는 콧물이 흘렀지만 산책하는 동안 간장까지 시원하고 상큼한 게 여간 기분이 상쾌하지 않았다.

갑자기 나에게 모자를 선물한 후배 김은희 선생이 고마웠다. 혹이나 손전화의 전화번호부를 확인했으나 없었다. 산책을 마친 뒤 예삿날처럼 목욕탕에 몸을 담근 다음, 집에 돌아와 새로 만든 수첩에서 김 선생의 전화번호를 찾아 다이얼을 눌렀다.

"고객님, 이 전화번호는 없는 번호입니다. 다시 확인한 다음…"

마침내 통화하다　　　폴더를 닫고 헤아려 보니 김 선생님과 통화를 한지 서너 해가 지난 듯했다. 밤 시간인 데다가 방학이라 학교로도 알아볼 수가 없었다. 그때 문득 김 선생님의 대학지도교수였던 김영숙 교장 선생님이 떠올랐다. 그분은 1976년 당시 이대사범대학영어교육과 교수 겸 이대부속중고등학교장을 겸임했다. 그때 나를 이대부고 교사로 채용해 주신 분이다.

내 예상대로 김 교장 선생님은 김은희 선생님의 전화번호를 알고 있었다. 그 까닭을 묻기에 모자 때문이라고 했더니 그 얘기가 아름답다면서 선뜻 가르쳐 주었다.

곧 김 선생님에게 전화를 하면서 오늘 산책길에 선생님이 나에게 준 모자를 썼더니 귀가 시리지 않았다고 감사 인사를 했다. 그러면서 전화번호를 잊은 사연과 김영숙 교장 선생님을 통해 알게 되었다는 군말도 하였다. 그랬더니 언제 모자이야기를 아직도 하느냐는 얘기와 함께, 새해도 되었으니 당신 선생님에게 인사도 드릴 겸 가까운 시일 내 세 사람이 밥 한 끼 나누자고 제의했다. 나는 흔쾌히 수락하면서 시간 장소를 위임하고 전화를 끊었더니 곧 답신이 왔다. 1월 6일 목요일 명동 어귀 한 밥집으로 약속했다고 알려주었다.

약속 전날 점심을 먹으며 아내에게 다음 날 내 점심준비는 하지 말라고 일렀다.

"내일 밥값은 당신이 내세요."

"그럼, 지난날 모자 선물 받은 데 대한 감사인사 끝에 마련한 자리인데 아무렴."

그런데 그날 밤 김 선생에게서 전화가 왔다.

"선생님, 내일 점심값은 저에게 양보해 주세요. 아무래도 선생님이 내실 것 같은 예감에 미리 부탁드립니다. 사실 저 오랜만에 선생님 만나는데 요즘 좀 바쁘게 지낸 탓으로 선물을 미처 준비치 못했거든요. 선생님은 저희를 만나면 꼭 뭔가 주셔요. 그래서 제가 내일 점심을 사는 게 예의일 것 같아요."

"아니에요. 선생님이 주신 모자 선물에 대한 감사로 만나게 되는 건데 당연히 제가 사야지요."

이튿날 약속장소에 그 모자를 쓰고 갔더니 김 교장 선생님은 내 모자가 참 잘 어울린다고 하시면서 헤밍웨이의 〈누구를 위하여 종을 울리나〉의 유래를 들려주셨다.

"작품의 제목 'For whom the bell tolls'는 영국의 시인 던Donne, John의 산문시에서 유래되었습니다. '누구를 위하여 종은 울리느냐'의 종은 조종弔鐘으로, 설사 낯모른 사람의 죽음일지라도 바로 그대, 곧 나를 위하여 울리는 것입니다. 이 시는 '세상의 누구도 외딴섬이 아니다'로 시작하지요. 모자 때문에 세 사람이 이렇게 만난 것은 참 아름다운 일로 새삼 세상은 그물코처럼 이어졌다는 것을 절실히 느낍니다."

그날 교장 선생님이 입고 오신 분홍색 스웨터가 화사하고 은발과 잘 어울렸다. 나는 노년의 원숙, 완숙한 아름다움을 본다고 덕담을 하고는, 미처 카메라를 준비치 않은 게 유감이라고 했다. 그러자 선생님은 "나이는 일흔을 넘겼지만 마음은 아직 20대라고, 특별히 젊은 남자를 만나기에 좀 신경을 썼다"고 수줍은 듯 말씀했다. 그래서 나는 "60대의 늙은 남자로 곧 70을 바라본다"고 하니까, "그래도 나에게는 젊은 남자"라고 하여 세 함께 크게 웃었다. 그리고는 나와 김 선생에게 준비해 온 새해 선물을 전했다.

내 젊은 날의 객기   사실 나에게 김 교장 선생님은 잊을 수 없는 분이다. 내가 군에서 제대하자마자 경기도 여주의 한 중학교현 여주제일중에서 교단에 선 뒤 한 학기를 마치고 서울 오산중학교로 갔다. 거기서 3년을 보낸 뒤 마침 모교중동고교에 빈자리가 있기에 학교를 옮겼다. 그런데 참을성이 없는데다가 모나고 용렬했던 나는 모교에서 일 년을 근무하고는 다시 오산중학교로 갔다.

아무튼 그 객기로 나는 그 무렵 몹시 괴로웠다. 모교에서는 졸업생이 일 년 만에 하필이면 전임교에 갔다고 내 처사가 경솔했다는 비난이었고, 전임교의 일부 교사들은 하필이면 떠난 학교에 다시 찾아온 것을 경계하는 눈치였다. 인생이란 지나고 보면 별일이 아닐지라도 젊은 나이에 양쪽에서 비난과 경계의 눈초리를 그때 나는 감당키 몹시 힘들었다.

이런 내 사정을 아는 한 선배가 마침 당신 학교에 빈자리가 났다고 하면서 그곳으로 가면 나의 고뇌가 모두 다 풀린다고 조언해 주었다. 그러면서 이력서를 쓸 때, 내가 별난 사람으로 비칠지 모르니까 모교에 간 것은 빼라고 권했다. 나는 우선 학교를 옮기고 보자는 심정으로 그 선배 말을 따랐다. 이대부고에다 이력서를 제출하고 돌아오는데, 내 마음속에는 "이게 아니다"라는 갈등이 속에서 부글부글 끓어올랐다. 부임 후 나중에 이력서를 정직하게 쓰지 않은 게 문제가 된다면 더 큰 수렁에 빠질 것 같은 예감 때문이었다.

나는 집 대문 앞에서 발길을 돌려 혼자 이대부고를 찾아갔다. 교감 선생님을 만나 사실대로 말하고는 그 자리에서 이력서를 다시 써 드리고는 앞서 드린 이력서를 돌려받았다. 교감전병진 선생님은 교장 선생님에게 이력서를 보여드린 뒤 채용 여부를 알려주겠다고 했다.

내 객기를 장점으로 받아주시다　　　며칠 후 선배를 통해 학교로 오라는 통보를 받았다. 교감 선생님은 악수를 청했다.

"모래알처럼 많은 사람 가운데 하필이면 우리가 만났습니다. 모교에 갔다가 일 년 만에 뛰쳐나와 전임 교로 간 일 등, 교장 선생님과 충분히 상의했습니다. 교장 선생님도 전 재직교로 선생님을 알아보신 걸로 압니다. 결론은 명문 오산학교에서 떠난 사람을 다시 받는 일은 매우 드문 일로, 아무나 다시 받아주지 않을 겁니다. 저나 교장 선생님은 그 점을 높이 샀습니다."

철쭉이 피고 있는 자작나무숲 미술관

나는 전혀 예상치 못한 뜻밖의 답에 감격했다. 그래서 나는 그 순간 내가 이 학교에서 벙어리 삼년, 귀머거리 삼년, 장님 삼년 등, 최소한

20년은 버티자고 다짐했다. 그런 탓인지 나는 이대부고 한 학교에서만 28년간 근무한 뒤 퇴직했다. 그 학교에서 교장은 사범대학 교수가 보직으로 내려오기에 김 교장 선생님과는 불과 한 학기밖에 함께 근무치 못했다. 하지만 한 대학캠퍼스에서 생활했던 관계로 구내식당이나 등하교 길에 드문드문 만날 수 있었다.

　퇴임 후 어느 날 전화통화에서 이제는 지난날의 자리에서 떠나 말벗으로 만나자고 하여, 마침 그 선배와 함께 서너 차례 만났다. 선생님은 만날 때마다 예이츠나 키츠의 시를 번역해 와 들려주는 등, 좋은 이야기를 들려주셨다. 이전에 내가 쓴 글 가운데 "네 얼굴에 책임을 져라"는 글은 선생님이 들려준 이야기가 글감이었다.

　"두 분이 점심값을 서로 내겠다고 다투는 걸 보고서 흐뭇했습니다. 제가 교통정리를 할 게요. 이번에는 김 선생이 내시고, 다음에는 박 선생, 그 다음은 제 차례입니다."

　나는 그 제의를 받아들이면서 다음 만남의 장소와 때를 그 자리에서 잡았다. 4월 하순 토요일 점심은 횡성의 한 막국수 집에서 먹고, 가까운 자작나무숲 미술관에 가서 철쭉꽃을 구경한 다음 거기서 커피를 마시자고.

　"벌써부터 그날이 기다려지네요."

　"너무 길게 잡은 건 아닙니까?"

　"아닙니다. 그날을 '기다리는 기쁨' 이 있습니다. 남은 날은 그 기쁨에 살겠습니다."

Ⅱ. Ⅰ.

카사, 그리고 나